잔상

THE JOHN VARLEY READER

잔상

YA
10

존 발리 소설 최세진 옮김

THE PERSISTENCE OF VISION

아작

- 1978년 3월 〈The Magazine of Fantasy and Science Fiction〉에 첫 수록
- 1979년 네뷸러상 수상

서설

이 소설은 중요한 SF 문학상을 받은 작품이다. 가장 중요한 SF 문학상이란 매년 세계 SF 컨벤션에서 시상하고 컨벤션 회원(독자)이 투표로 결정하는 '휴고상'과 미국과학소설작가협회(전문가)가 수여하는 '네뷸러상'을 말한다. 이 소설은 네뷸러상을 수상했다.

인간이 노력을 기울인 많은 분야에서 상을 주는 것을 보면, 사람들이 상을 좋아하는 모양이다. 조지 C. 스콧이나 말론 블란도 수준으로 까다로운 사람이 아니라면, 상을 받는 것은 유쾌한 일이다.[*] 하지만 당신도 알다시피, 그들이 옳았다. 험프리 보가트는 역할이 다른 배우들의 연기를 비교하는 것은 어리석다고 지적했다. 어떤 역할은 어렵고, 어떤 역할은 쉽다. 어떤 역할은 연기를 전혀 요구하지 않는데, 많은 할리우드 스타들이 실제로 '연기'를 못하므로 그건 괜찮다. 친구들이 친구들에게 투표한다. 사람들은 표를 얻기 위한 캠페인에 돈을 쓴다.

험프리 보가트는 모든 배우를 같은 작품에서 연기를 하게 해서 심사위원단이 결정하자고 제안했다. 내가 볼 때는 말이 되는 소리다.

내가 'P 요소'라고 부르기 시작한 것이 있는데, 휴고상과 네뷸러상을 받은 내 소설들은 모두 제목이 P로 시작했다.

물론 아무 의미도 없다. 하지만 내가 휴고상을 받기 직전까지 갔던 다른 작품의 이름이 〈캔자스의

---

[*] 조지 C. 스콧은 배우끼리 경쟁하는 것 자체를 싫어해서 1971년 아카데미 남우주연상 수상에 불참했고, 말론 블란도는 영화 〈대부〉로 남우주연상을 받을 때 미국 원주민 여성을 대신 내보내 발언하도록 했다.

유령(The Phantom of Kansas)〉이었다는 사실을 덧붙이면, 정말로 그런 게 아닐까 하는 생각을 피하기 힘들다. 〈캔자스의 유령〉은 그해 휴고상 최종 후보에 딱 두 작품이 올랐기 때문에 수상에 실패했다고 들었다. (물론, 그해 휴고상을 받은 그 단편은 꽤 좋았다. 실은, 매우 훌륭했다. 그 작품은 다름이 아니라 아이작 아시모프의 〈바이센테니얼 맨(The Bicentennial Man)〉이었다.)

내가 단편소설을 쓰기 시작한 지 얼마 되지 않았을 때, 토머스 M. 디쉬가 어떤 사설에(어느 잡지였는지는 기억나지 않는다) 그가 '노동절 그룹'이라고 이름 붙인 사람들에 대해 썼다. 이것은 실제로 존재하는 음모 집단이 아니라, 70년대에 SF 작가로 경력을 시작한 사람들을 말하는 것이었다. 본다 N. 매킨타이어가 그 그룹에 들어 있었고, 스파이더 로빈슨과 나, 그리고 다른 작가 대여섯 명도 있었다. 토머스는 우리가 항상 휴고상을 염두에 두고 소설을 쓰기 시작한다고 주장했다. 또 우리가 휴고상의 투표권을 가진 사람들에게 알랑거린다고 비난했는데, 휴고상 투표권자들은 SF 독자 중 다소 적은 비율로서, 특정 연도에 세계 SF 컨벤션에 참가하기 위해 돈을 지불하고 휴고상에 투표할 자격을 얻은 사람들이다. 세계 SF 컨벤션은 매년 다른 도시에서 개최되며, 현재는 5천 명이 넘는 사람들이 참가하는 행사로 성장했다. 이 행사는 미국의 노동절 주말에 열린다. 따라서 토머스가 이름 붙인 '노동절 그룹'이라는 용어에는, 우리가 조직적인 팬덤 출신이며 절대로 컨벤션을 빠지지 않기 때문에 노동절에 모두 모일 거라는 의미가 담겨 있다. 우리가 노동절에 열리는 컨벤션에서 휴고상 투표권자들이 SF에 원하는 것들에 관한 정보를 교환했다는 것이다. 그리고 문체가 지나치게 도전적이지 않고, 우울하기보다는 고양시키며, 실존적 불안보다는 삶에 대한 긍정적 전망에 더욱 관심을 기울인다. 뭐, 그런다는 이야기였다.

첫째, 그 사설이 나왔을 당시 나는 세계 SF 컨벤션에 한 번도 가본 적이 없었다. 지금까지 따져봐도 딱 두 번 가봤다.

둘째, 휴고상을 받으려고 캠페인을 전개하는 것은 저급한 취향으로 여겨지고, 내가 아는 어떤 작가도 작년에 시카고에서 봤던 것 같은, 그리고 지금 콜드 마운틴에서 보고 있는 것처럼 공중파를 광고로 채울 예산을 가지고 있지 않기 때문에, 휴고상 투표권자들의 호감을 얻을 수 있는 유일한 방법은 좋은 이야기를 쓰는 것이다. 이건 인정하겠다. 나는 소설을 하나 마치면, 연단에 서서 은으로 만들어진 로켓 우주선 트로피를 받는 모습을 상상하곤 했다…. 하지만 작품을 쓰기 전이나 쓰는 동안 그런 생각을 해본 적은 전혀 없다.

미안하다. 그냥 털어놔야겠다. 내가 앞서 말했듯이, 상이라는 건 따지고 보면 의미가 없다. 어떤 사람에게 상이 필요하겠는가?

이제 나는 다음 장편소설 집필 작업으로 돌아가야 한다. 최근에 발간한 《붉은 천둥(Red Thunder)》의 속편이 될 것이다. 나는 존 D. 맥도널드가 《트래비스 맥기(Travis McGee)》 시리즈에서 그랬듯이 제목에 색깔을 넣을 생각이다. 지금 당장은 여러 생각이 떠올라서 결정을 못 하고 있다. 자주색 천둥(Purple Thunder)이 나을까, 분홍색 천둥(Pink Thunder)이 나을까?

암갈색(Puce), 암자색(Petunia), 주황색(Poppy), 민트색(Peppermint), 밝은 보라빛을 띤 청색(Peri winkle)….

나는 시각장애인을 몇 사람 안다. 그 첫 번째 사람은 엘머인데, 조부모님 댁이 있던 텍사스주 코시카너의 우체국에서 신문과 사탕, 담배 판매대를 운영했었다. 시내에 살 때, 매일 할아버지와 나는 우체국까지 몇 블록 걸어가 우편물을 받아왔는데, 우리는 항상 멈춰서 엘머와 이야기를 나눴다. 엘머는 내가 얼마나 자랐는지 보기 위해 내 머리 위에 손을 얹곤 했다. 대개는 "많이 자랐네"라는 이야기를 들었다. 나는 마침내 198센티미터로 정점을 찍었다. 나는 여러 차례 그곳에 앉아 만화와 SF 잡지를 읽으며 즐거운 오후를 보냈다. 내 평생 훔쳐본 거라곤 SF밖에 없지만, 엘머가 파는 것은 절대로 훔치지 않았다. 내가 아무리 SF 중독자일지라도 그렇게 저급한 짓은 하지 않았다…. 게다가 내가 잡지를 훔쳐 청바지에 집어넣을 때 엘머가 듣지 못할 거라고 확신할 수 없었다. 그는 그 정도로 훌륭했다.

코시카너는 내가 어렸을 때 멕시코만 연안의 비참함에서 벗어날 수 있는 피난처였다. 여름의 대부분을 그곳에서 보냈고, 우리 가족은 한 달에 적어도 한 번, 보통은 두 번씩 주말에 차를 타고 편도로 4시간 걸리는 거리를 갔었다. 텍사스주에서 그 정도의 거리는 아무것도 아니었다. 코시카너는 어린 소년에게는 천국이었다. 완전히 녹슨 쇠와 까칠까칠한 나무로 만든 괴상하고 우스꽝스러우며 특이한 놀이기구가 10여 개 있는 공원이 있었다. 아이를 싫어하는 미친 기술자가 설계한 게 틀림없었다. 개인 상해 전문 변호사라면 그 놀이기구들을 보자마자 파블로프의 개처럼 침을 흘렸을 것이다. 어떤 놀이기구를 타더라도 손가락 하나 정도는 순식간에 잘려나갈 수 있었다. 나는 그런 기구들에서 노는 게 재미있었다. 마지막으로 내가 갔을 때는 모두 사라지고, 대신 부드럽고 해가 없는 플라스틱 놀이기구로 바뀐 상태였다. 랠프 네이더*가 코시카너에 와서… 망쳐놨다. 단언컨대, 지금의 세대에는 겁쟁이들만 잔뜩 있을 것이다.

그러나 코시카너에서 단연코 가장 좋았던 것은 내 할아버지의 가게였다. 그 가게는 '듀크 앤 에어즈(Duke & Ayres)'라는 체인점으로 저렴한 물건만 판매하는 잡화점이었다. 텍사스 출신이 아니라면 그 체인점에 대해 들어보지 못했을 것이다. '울워스(Woolworth)'와 비슷한데, 다만 더 작고 더 저렴했다. 할아버지 가게는 높은 양철 천장이 있고 길고 좁았으며, 나무로 된 판매대들 사이의 통로가 두 개뿐이었다. 여성 판매원이 계산대 뒤에 서서 고객을 기다렸다.

천장에는 당시 최신 조명이었던 형광등이 줄지어 달려 있었는데, 하나씩 따로따로 켜야 했다. 할아버지가 나를 목말 태우고 한 통로로 갔다가 다음

* 미국의 진보적인 변호사, 정치인. 소비자 운동 등을 했다.

통로로 가면, 내가 형광등 줄을 하나씩 당겨서 켰다. 형광등은 5분 동안 깜빡거리다 불이 들어왔다. 내가 충분히 자란 후에는 매일 아침 7시에 통로를 달려가며 펄쩍 뛰어 줄을 당겼다. 여름에는 천장에 달린 선풍기도 켰다.

가게의 위층은 사용하지 않았는데, 스티븐 킹 소설의 배경으로 어울릴 만한 장소였다. 방들이 논리적이지 않은 방식으로 연결되어 있었는데, 알고 보니 예전에 한때는 전문직들이 사용하던 사무실이었다. 아마 1920년대 석유 호황 당시 사무실로 사용했을 것이다. 그 당시 코시카너는 지금보다 훨씬 더 컸다. 2층은 창고로 쓰였는데, 싸구려 잡화점의 창고에서는 온갖 물건을 찾을 수 있었다. 뭐든지 다 있었다. 침을 뱉는 개수대에 아직도 피가 말라붙어 있는 낡은 치과 의자도 있었다. 오래된 잡지와 신문, 금속으로 만든 연하장 전시대, 엽서 더미, 유리와 유리 절단용 작업대, 세기가 바뀔 무렵의 낡은 옷가지, 그리고 엄청난 거미줄이 쌓여 있었다. 물건들에서는 거미와 쥐똥, 쉰내, 곰팡이,

흰곰팡이, 그리고 썩어서 말라붙은 냄새가 났다. 벵골 호랑이만 한 먼짓덩어리들이 있었다. 2층 창고에는 조명이 없었지만, 우리는 손전등을 가지고 올라가는 건 '비겁한 짓'이라고 생각했다. 간단히 말해, 그 창고는 아이들의 천국이었다.

다른 무엇보다, 창고에는 마네킹이 있었다. 일부는 몸집이 크고, 대머리이며, 발가벗었다(물론 성별도 없었다. 당시는 마네킹의 가슴에 젖꼭지도 달리지 않았다). 몇 개는 옷이 입혀져 있었다. 내가 고개를 돌리면, 거기에 있는 모든 마네킹이 어둠 속에서 움직였다. 그것으로 충분하지 않다면, 거기에는 몸뚱이 부위들이 있었다. 절단된 팔과 다리, 머리, 몸통이 넘쳐흐르는 상자들. 그것들을 조립하거나 격렬하게 분해하기도 했다. 그렇게 놀다 보면 고급 장난감 가게인 '파오 슈와츠'나 유치원에서 해주는 동화 시간 같은 건 금세 잊어버렸다. 그 다락방은 이야기를 찾아내는 곳이었고, 나와 내 친구들은 프랑켄슈타인 박사도 깜짝 놀랄 이야기들을 찾아냈다.

할아버지는 가게에 있는 거의 모든 상품을 그 동네에서 가장 싼 가격에 팔았다. 할아버지의 손님은 대부분 흑인이었는데, 그들은 말 그대로 빈민가에 살았다. 그래서 나는 당시 또래의 전형적인 텍사스 백인 소년들에 비해 흑인들을 많이 알았다. 그리고 할아버지는 매년 그 지역의 울워스나 뉴베리 체인점보다 훨씬 많이 팔았다. 그리고 검안사인 융거만 박사보다 안경을 많이 팔았다. 사탕 판매대에는 커다란 유리 상자 안에 이를 썩게 할 50가지의 사탕이 쌓여 있었다. 나는 원하는 건 뭐든지 먹어볼 수 있었으며, 나중에는 할아버지를 도와서 페니 가격에 사탕을 퍼주기도 했다. 기다란 장난감 판매대도 있었다. 나는 대부분의 시간을 장난감 판매대 뒤쪽 바닥에서 보냈다. 여성 판매원들이 나를 넘어 다니는 동안, 나는 각 상품이 진정으로 놀 만한 가치가 있는지 확인하는, 중요하고 결정적이며 까다로운 제품 검사 작업을 수행했다. 성가신 일이지만, 누군가는 해야 했다. 나는 품질 관리도 담당했다. 운송 중에 뭔가 고장이 날 경우 할아버지가 그 사실을 기록하고 제조업자에게 알리면 돈을 지불할 필요가 없었다…. 그런 후 동생이나 나에게 그 물건들을 줬다. 고장이 났나요? 큰일이네요. 곧 우리가 열심히 가지고 놀면 어차피 엉망이 될 텐데, 처음에 살짝 깨진 걸 누가 신경이나 쓰겠는가? 크리스마스 아침에 할아버지 가게에는 댈러스 니만 백화점의 전시품과 견줄 수 있을 정도로 망가진 물건이 많았다.

시각장애인 엘머 부분을 제외하고는 이 모든 이야기가 이번에 소개하는 작품과 아무 상관도 상관없지만, 코시카너를 언급하지 않고는 이 책을 넘길 수 없었다.

내가 착각했을 수도 있지만, 토머스 M. 디쉬가 '노동절 그룹'이 음모 같은 것으로 휴고상을 받았다고 주장하면서, 이 소설 〈잔상〉을 그 사례로 든 것 같다. 그랬다면, 성공했다. 그랬다면, 계속 그렇게 하라. 나는 그 전이나 후에 쓴 어떤 이야기보다 이 작품이 자랑스럽다. 하지만 이전에 다른 몇몇 작가들이 말했듯이, 이 작품을 온전히 내가 만들어 냈다고는 생각하지 않는다. 이 소설의 출처는 정확히 밝힐 수 있다. 어머니들이 임신 중 풍진에 걸리는 바람에 시청각장애인으로 성장한 한 세대의 아이들에 관한 신문 기사였다. 마치 베이비붐처럼 시청각장애인 인구가 엄청나게 증가했지만, 그들의 특별한 요구에 대처할 수 있는 사람들은 충분하지 않았다. 나는 그들이 어떻게 되었는지 모른다. 그들 대부분이 신체장애에도 불구하고 많은 일들을 할 수 있었을 거라 믿는다. 인간이라는 동물의 적응력에는 거의 한계가 없기 때문이다. 그들의 곤란한 처지가 이 소설에 영감을 주었다. 그리고 거의 저절로 써졌다. 그리고 집필을 마쳤을 때 울음이 나왔지만, 그 이유는 모른다. 솔직히 말해, 나는 그 눈물이 어디에서 왔는지 몰라도, 매일 밤 다시 울고 싶었다.

이 소설은 지금까지 썼던 어떤 작품보다 직접적으로, 혹은 편지로 가장 많은 반응을 받은 작품이다. 사람들의 반응 중에는 "그 이야기가 내 삶을 변화시켰어요"라는 것도 있었다. 그런 반응 덕분에 얼마나 기뻤는지는 이루 표현하기 힘들다. 이 소설은 장애인을 위한 주차 공간과 화장실 특별칸이 생기기 전 장애인 인권 운동이 성장하던 시기에 썼다. 이 단편을 써줘서 감사하다고 내게 말씀해주신 분들 중 많은 분이 장애인이었다. 이 소설은 사람들에게 깊은 감동을 주는 것 같다.

여러분에게도 감동을 주길 바란다.

잔상

4차 비공황이 일어났던 해였다. 나는 최근에 실업자 대열에 합류했다. 대통령은 두려움 그 자체 말고는 두려워할 게 없다고 했다. 대통령의 말을 한번 믿어보기로 마음먹고, 나는 캘리포니아로 배낭여행을 떠났다.

나 혼자만 실업자가 된 것은 아니었다. 1970년대 초반부터 지난 20년 동안 세계 경제는 프라이팬 위에 올려진 뱀처럼 몸부림쳤다. 우리는 끝없이 계속될 것 같은 호황과 불황의 주기를 반복하고 있다. 1930년대 이후 황금기 동안 국가가 너무도 힘겹게 얻어낸 안정감은 완전히 사라져버렸다. 사람들은 한 해는 부자로 살더라도 다음 해에는 식량 배급을 받는 줄에 설 수 있다는 사실에 익숙해졌다. 나는 1981년에 식량 배급 행렬에 섰고, 1988년에도 다시 섰다. 이번에는 틀에 박힌 생활에서 벗어나 자유를 이용해 세상을 보러 나아가기로 결심했다. 나는 일본으로 밀항할 생각이었다. 마흔일곱 살이었기 때문에, 무책임한 짓을 할 수 있는 마지막 기회일 것 같았다.

이것은 그해 늦여름에 일어난 일이었다. 고속도로에서 히치하이크를 하기 위해 엄지손가락을 내밀고 있으면, 시카고에 다시 식량 폭동이 일어났다는 사실을 쉽게 잊을 수 있었다. 밤에는 침낭에 누워 별을 바라보고 귀뚜라미 소리를 들었다.

나는 시카고에서 디모인까지 이르는 길을 거의 걸어갈 수밖에 없었다. 며칠 동안 발에 보기 흉한 물집들이 생겼다가 없어진 후 발바닥이 더욱 단단해졌다. 차를 얻어타는 경우는 거의 없었는데, 다른 히치하이커와의 경쟁 때문이기도 했고, 우리가 사는 이 시대의 탓이기도 했다. 지방 사람들은 너무 겁이 많아서 도시 사람들을 태워주지 않았다. 그들은 도시 사람들을 거의 다 굶주림으로 미친 잠재적 연쇄 살인마라고 생각했다. 한번은 몰매를 두들겨 맞고, 다시는 일리노이주 셰필드로 돌아오지 말라는 말을 듣기도 했다.

그래도 점차 길 위에서 살아가는 요령을 익혔다. 처음에는 복지기관에서 나눠주는 소량의 깡통 음식으로 시작했지만, 그게 떨어질 때쯤에는 길가에 있는 많은 농가에서 일을 해주고 음식을 얻는 게 가능하다는 사실을 알게 되었다.

어떤 일은 무척 힘들었지만, 무엇이든 공짜로 얻어서는 안 된다는 의식이 몸에 깊이 밴 사람들이 그저 형식적으로 시키는 일도 있었다. 드물게는 공짜로 가족 식탁에서 함께 식사하기도 했다. 그 식탁에 손자와 손녀들이 둘러앉고, 할아버지나 할머니가 1929년 대공황 시절에는 사람들이 불운에 빠진 이들을 기꺼이 도와주었다는 따위의 이야기를 반복해서 했다. 나이가 많은 사람일수록 다른 사람의 고민을 들어줄 가능성이 크다는 사실을 깨달았다. 길 위에서 살아갈 때 익혀야 하는 많은 요령 중 하나다. 그리고 대부분의 노인은 자리에 앉아 그들의 말에 귀를 기울여주기만 해도, 당신이 원하는 뭐든지 해줄 것이다. 내가 그 방면은 아주 잘했다.

디모인을 지나 서쪽에서부터 차를 얻어타기 시작했다. '중국 구역' 근처의 이재민수용소에 가까워지자 다시 차를 얻어타는 게 어려워졌다. 재난이 일어난 지 5년밖에 지나지 않았다는 사실이 기억났다. 오마하 원자로에서 노심용융이 발생해 뜨거운 우라늄과 플루토늄 덩어리가 지구 반대편에 있는 중국을 향해 파고 들어가기 시작했었다. 그리고 방사능이 바람을 타고 6백 킬로미터에 걸쳐 퍼져 나갔다. 미주리주 캔자스의 주민 내부분은 아직도 도시가 다시 주거할 수 있는 곳으로 바뀌기를 기다리며 합판과 철판으로 얼기설기 만든 판자촌에서 살아가고 있었다.

이재민의 삶은 비참했다. 대재앙이 일어난 후 초기에 사람들이 보여주었던 연대는 이미 오래전에 실향민의 무기력과 환멸로 퇴색되었다. 많은 이재민이 앞으로 평생 병원을 들락거려야 하는 처지였다. 게다가 더 큰 문제는 지역 주민들이 이재민을 혐오하고 두려워하며 상대하려 하지 않는다는 사실이었다. 그들은 현대의 불가촉천민이었고, 불결한 존재였다. 아이들도 따돌림을 받았다. 각 수용소에는 구별하기 위한 숫자만 달려 있었지만, 지역 주민들은 수용소 전체를 방사능 계측기의 이름을 따서 '가이거 마을'이라고 불렀다.

이제는 그 지역에 오래 머무르지만 않으면 안전하다고 했지만, 그래도 나는 '중국 구역'을 가로지르는 길을 피하기 위해 리틀락으로 가는 먼 우회로를 선택했다. 주 방위군에게서 불가촉천민 표지(방사능 계측기)를 받고 이 가이거 마을에서 저 가이거 마을로 떠돌았다. 이재민들은 내가 먼저 다가가기만 하면 인정 많고 친절했다. 그래서 가이거 마을에서는 항상 집 안에서 잘 수 있었다. 음식도 공동체 식당에서 무료로 먹었다.

리틀락에 도착했더니 (방사선 질병에 오염된 사

람일 수도 있는) 낯선 사람들을 태워주는 것에 대한 거부감이 거의 없었다. 덕분에 아칸소주와 오클라호마주, 텍사스주를 빠르게 지날 수 있었다. 여기저기에서 조금씩 일하고, 장거리 이동 차량을 많이 탔다. 텍사스주의 모습은 차창을 통해 본 게 전부였다.

뉴멕시코주에 도착했을 무렵에는 약간 지친 상태였지만, 조금 더 걸어가보기로 마음먹었다. 그즈음에는 캘리포니아주보다 여행 자체에 더 흥미가 있었다.

나는 도로를 벗어나 가로막는 울타리가 없는 들판을 가로질러 걸어갔다. 하지만 뉴멕시코주에서조차 문명의 흔적에서 멀리 벗어나는 게 쉽지 않다는 사실을 알게 되었다.

뉴멕시코주의 타오스는 과거 1960년대에 대안적인 삶을 위한 문화적 실험의 중심지였다. 당시 타오스의 주변 언덕들에 많은 공동체와 협동조합이 세워졌다. 그들 대부분은 몇 달이나 몇 년 후 무너졌지만, 소수가 살아남았다. 그 후 삶에 대한 새로운 이론을 가지고, 그 이론을 시도해보고 싶어 하는 집단은 으레 뉴멕시코주의 그 지역으로 모여드는 것 같았다. 그 결과, 타오스에는 곧 쓰러질 것 같은 풍차와 태양열 난방 패널, 다각형 돔, 집단혼, 나체주의자, 철학자, 이론가, 구세주, 수행자, 그리고 그럭저럭 평범한 미치광이들이 여기저기에 적지 않게 흩어져 있었다.

타오스는 대단했다. 나는 대부분의 공동체에 들러 하루나 한 주씩 머무르며 유기농 쌀과 콩을 먹고 염소젖을 마실 수 있었다. 한 공동체에 질렸을 때 그곳을 벗어나 어느 방향으로든 몇 시간만 걸어가면 다른 공동체에 도착했다. 어떤 공동체에서는 밤샘 기도와 찬송, 의례적인 잔치에 참여하도록 제안받기도 했다. 어떤 공동체에는 소젖을 짜는 자동 착유기가 설치된 티끌 하나 없는 축사가 있었다. 화장실이 없는 공동체도 있었는데, 그들은 그냥 아무 데나 쪼그려 앉아 일을 봤다. 어떤 공동체에서는 펜실베이니아주 초기 정착지의 수녀나 퀘이커교도들처럼 차려입었다. 다른 공동체는 발가벗고 몸의 털을 모두 밀어버린 후 자주색으로 칠했다.

남자만 사는 공동체와 여자만 사는 공동체도 있었다. 남자만 사는 공동체는 대체로 내게 머무르라고 설득했었다. 하지만 여자만 있는 공동체는 하룻밤 침실에서 재워주는 곳부터, 산탄총을 들고 철조망 울타리에서 이야기를 나누는 곳까지 반응이 다양했다.

나는 그들을 판단하려 하지 않았다. 이 사람들은 모두 뭔가 중요한 일을 하고 있었다. 그들은 시카고에서 살아가는 것과는 다른 삶의 방식을 실험하는 중이었다. 내게는 그 실험이 경이로웠다. 그전까지 난 시카고에서 살아가는 방식이 싫더라도 어쩔 수 없는 것으로 생각했었다. 마치 설사처럼 말이다.

그 공동체들이 모두 성공적이었다고 이야기하려는 것은 아니다. 어떤 공동체를 보면 오히려 시카고가 지상낙원 샹그릴라 같았다. '자연으로 돌아가라'는 말의 의미를 돼지우리에서 자고, 말똥가리조차 손대지 않을 음식을 먹는 것으로 생각하는 공동체도 있었다. 많은 공동체가 절망적이었다. 그런 곳들은 텅 빈 오두막들과 콜레라의 기억만 남기고 사라질 것이다.

그래서 그곳은 천국이 아니었다. 그러나 성공적인 공동체도 있었다. 한두 군데는 1963년이나 1964년부터 그곳에 살면서 세 번째 세대를 기르기도 했다. 그러나 성공적인 공동체들의 경우, 기존의 행동규범과 놀랄 정도로 다른 점도 일부 있었지만, 대체로 거의 차이가 없다는 사실을 알게 된 후 실망했다. 급진적인 실험일수록 결실을 볼 가능성이 낮은 게 아닌가 하는 생각이 들었다.

겨울에는 그 공동체들에 머물렀다. 나를 다시만나도 놀라는 사람은 없었다. 아마도 많은 사람이 타오스로 와서 공동체들을 돌아다니는 모양이었다. 나는 한 장소에서 3주 이상 머무르는 일이 거의 없었고, 항상 내 몫을 다해 열심히 일했다. 친구를 많이 사귀었고, 길에서 멀리 벗어나 살아갈 때 도움이 되는 요령을 익혔다. 공동체 중 한 군데에 정착할까 하는 생각이 들기도 했다. 내가 결정을 못 내리고 있을 때, 급하게 결정하지 않아도 된다는 조언을 들

었다. 캘리포니아로 갔다가 돌아와 고민해도 될 것
이다. 그들도 내가 돌아오리라 확신하는 듯했다.

그래서 봄이 왔을 때, 산을 넘어 서쪽으로 갔다.
길에서 멀리 떨어져 이동하다 공터에서 잤다. 많은
밤들을 다른 공동체들에서 보냈는데, 공동체들 사
이의 간격이 멀어지기 시작하더니, 결국 완전히 사
라졌다. 전원 풍경이 이전처럼 예쁘지 않았다.

그리고 마지막 공동체를 벗어나 사흘 동안 느
긋하게 걷다가, 벽을 만났다.

1964년 미국에는 독일 홍역 혹은 풍진이라고
부르는 전염병이 유행했다. 풍진은 아주 가벼운 전
염병이었다. 다만, 여성이 임신 4개월까지 초기 임
신 기간에 감염되었을 때 문제가 발생했다. 이때는
태아에게 전염되어 합병증을 일으켰다. 이 합병증
에는 청력 장애, 시각 장애, 그리고 뇌 손상 등이
있었다.

1964년은 낙태를 쉽게 할 수 없던 시절이었기
때문에, 이 문제를 해결할 방법이 없었다. 수많은

임신부가 풍진에 걸린 후 아이를 출산했다. 한 해에 시청각 장애가 있는 아이들 5천 명이 태어났다. 평소 미국에서 시청각 장애가 있는 아이가 태어나는 경우는 한 해 평균 140명이었다.

1970년 잠재적인 헬렌 켈러 5천 명이 모두 여섯 살이 되었다. 얼마 지나지 않아 이 헬렌 켈러들을 가르칠 앤 설리번 선생님이 모자란다는 사실이 드러났다. 그전에는 시청각 장애아들을 소수의 특수 교육 기관으로 보낼 수 있었다.

그게 문제였다. 문제는 시청각 장애아를 대처할 수 있는 사람이 아무도 없다는 정도가 아니었다. 아이가 칭얼댈 때 입을 다물라고 할 수 없었다. 아이들을 설득할 수도 없고, 자꾸 칭얼거려서 환장하겠다고 말을 할 수도 없었다. 아이들을 집에서 양육하려다 신경쇠약에 걸린 부모들도 있었다.

5천 명 중 많은 아이가 심각한 지적 장애아라서, 아무리 애를 써도 실질적인 의사소통이 불가능했다. 이 아이들은 대부분 수백 개의 이름 없는 요양원이나 '특별' 아동을 위한 기관으로 보내졌다.

아이들은 침대에 누워서 과로로 지친 소수의 간호사의 도움을 받아 하루에 한 번씩 씻고, 대부분 시간을 자유의 축복을 누리며 보냈다. 그들은 자신만의 어둡고 고요하고 은밀한 우주 안에서 자유롭게 썩어가도록 방치되었다. 그런 조치가 그들에게 나쁘다고 말할 수 있는 사람이 있을 수 있는가? 그들은 아무도 불평조차 하지 못했다.

두뇌에 아무런 문제가 없는 많은 아이가 지적 장애아들 사이에 섞여 끌려다녔다. 시력을 잃은 눈 뒤에 자신들이 존재한다는 사실을 누구에게도 말할 수 없었기 때문이었다. 그 아이들은 볼 수도 들을 수도 없는 시계의 초침 소리에 맞춰 둥근 구멍에 둥근 막대를 맞추라고 요구받았을 때, 그 시험에 자신의 운명이 달렸다는 사실을 알지 못한 채 촉각 테스트를 통한 지능 시험에 실패했다. 그 결과 이들은 남은 일생을 침대에서 보냈고, 아무도 이를 불평하지 못했다. 뭔가에 대해 항의하려면, 이보다 나은 게 가능하다는 사실을 알아야만 했다. 이들에게 언어가 있었다면 도움이 되었을 것이다.

시청각 장애아동 수백 명의 지능지수가 정상 범위 안에 있다는 사실이 밝혀졌다. 아이들이 사춘기에 가까워졌을 때 관련된 소식이 뉴스에 보도되어, 그 아이들을 적절하게 다룰 수 있는 유능한 사람들이 부족하다는 사실이 폭로되었다. 비용이 투입되어 교사를 양성했다. 교육 예산 지출은 아이들이 자랄 때까지 일정 기간 계속될 것이고, 그 후에는 모든 상황이 정상으로 돌아갈 것이다. 모든 사람이 어려운 문제를 성공적으로 해결한 것을 자축할 수 있었다.

그리고 실제로 그런 정책은 아주 잘 작동했다. 시청각 장애아동들과 대화하고 교육할 방법이 있었다. 그 방법에는 인내와 사랑, 헌신이 필요했다. 교사들은 그 모두를 장애아 교육에 쏟아 넣었다. 특수학교의 모든 졸업생은 손으로 말하는 방법을 배워서 학교를 떠났다. 일부는 입으로도 말할 수 있었다. 소수는 글도 쓸 수 있었다. 그들 대부분은 시설을 떠나 부모나 친척과 함께 살았는데, 갈 곳이 없는 이들은 상담 치료를 받으며 사회에 적응할 수 있도록 도움을 받았다. 선택할 수 있는 범위가 제한적이긴 했지만, 장애가 가장 심각한 이들도 보람 있는 삶을 살 수 있었다. 모두는 아니었지만, 졸업생 대부분은 합리적으로 기대할 수 있는 정도로 그들에게 주어진 삶에 만족했다. 일부는 역할 모델이었던 헬렌 켈러의 성스러운 평안을 얻었다. 어떤 이들은 냉소적으로 변해 집 밖으로 나오지 않았다. 소수는 보호시설에 들어갈 수밖에 없었는데, 그들은 20년 전부터 그 시설에서 지내온 다른 시청각 장애인들과 구별되지 않았다. 하지만 졸업생 대부분은 잘 지냈다.

그러나 어느 집단에나 그렇듯, 졸업생 중에도 부적응자가 있었다. 부적응자는 주로 지능지수가 상위 10퍼센트에 드는 가장 영리한 사람들이었다. 그러나 영리한 사람들이 모두 그런 것은 아니었다. 일부는 지능지수가 평범했지만, 뭔가를 하고 싶다는, 상황을 바꾸고 싶다는, 사회를 흔들고 싶다는 갈망에 전염된 이들이었다. 5천 명이 모여 있으면, 그중에는 소수의 천재와 예술가, 몽상가, 방탕한 사람, 개인주의자, 사회운동가, 실천가가 존재하는 법이다. 소수의 지독한 미치광이도 있을 것이다.

그중에 대통령이라도 될 수 있을 만한 사람이 있었다. 그 사람은 시청각장애인이었고 여성이었다. 그 여성은 영리했지만, 천재는 아니었다. 몽상가였으며, 창의력이 있는 개혁자였다. 그 여성은 자유를 꿈꾸었다. 그러나 환상 속에서만 성을 쌓아 올리는 사람은 아니었다. 자유를 꿈꾸었으므로, 그 꿈을 실현해야만 했다.

벽은 잘 맞는 돌들을 정교하게 쌓아서 만들어 졌는데, 약 1.5미터 높이였다. 자연석을 이용해 세우기는 했지만, 뉴멕시코에서는 전혀 보지 못한 종류의 담장이었다. 뉴멕시코에서는 벌판에 이런 벽을 세우지 않았다. 가축을 가둘 울타리가 필요했다면 철조망을 이용했을 것이다. 그러나 뉴멕시코 사람들은 여전히 가축을 방목하고 낙인을 찍었다. 어쩐지 이 벽은 뉴잉글랜드주에서 옮겨온 것 같은 느낌이 들었다.

그 벽을 넘어가는 것은 그리 영리한 행동이 아니라는 느낌이 강하게 들었다. 지금껏 여행하는 동안 철조망 울타리는 많이 넘어봤지만, 목장 주인들과 이야기를 나눴을 때 문제가 된 적은 없었다. 목장 주인들은 대체로 내게 가던 길을 계속 가라고 했지만, 울타리를 넘은 일 때문에 화가 난 것 같지는 않았다. 그런데 이 벽은 달랐다. 나는 벽을 따라 걷기 시작했다. 지형 탓에 이 벽이 얼마나 멀리까지 이어질지 알 수 없었지만, 나는 시간이 남아돌았다.

다음 고갯마루에서 그리 멀지 않은 곳에 벽의 끝이 보였다. 벽은 바로 앞에서 직각으로 꺾였다. 벽 너머를 건너다보자 건물이 몇 채 있었다. 대부분 돔이었는데, 돔은 건설하기 쉽고 내구성도 좋아서 공동체들이 여기저기에 금세 지어 올렸다. 벽 너머에는 양 떼가 있고, 소도 몇 마리 보였다. 소와 양은 풀을 뜯어 먹고 있었다. 풀밭이 너무나 푸르러서, 그 벽을 넘어가 뒹굴고 싶었다. 벽은 목초지를 사각형 모양으로 둘러쌌다. 내가 서 있는 바깥쪽은 관목과 개꽃이 무성했다. 이 사람들은 리오그란데강에서 관개용수를 끌어왔을 것이다.

나는 벽의 모퉁이를 돌고, 다시 벽을 따라 서쪽으로 걸어갔다.

말을 탄 남자가 눈에 들어왔는데, 그 사람도 거의 동시에 나를 봤다. 그 사람은 나와 마찬가지로 벽의 바깥에 있었으며, 나보다 남쪽에 있었다. 그가 말머리를 돌려 내 방향으로 왔다.

남자의 피부색은 어두웠고 얼굴이 두툼했는데, 데님 옷을 입고 부츠를 신었으며 낡은 회색 카우보이모자를 썼다. 아마 나바호족일 것이다. 나는 미국 인디언에 대해 잘 모르지만, 나바호족이 이 근처에 산다는 이야기를 들은 적이 있었다.

"안녕하세요." 남자가 멈췄을 때 내가 말했다. 그가 나를 살펴봤다. "혹시 제가 당신 땅에 들어온 건가요?"

"부족 땅이오." 남자가 말했다. "그렇소, 당신은 우리 부족 땅에 들어왔소."

"아무 표시도 못 봤어요."

남자가 어깨를 으쓱했다.

"괜찮소, 친구. 가축을 훔치러 온 사람 같지는 않으니까." 남자가 나를 보며 씩 웃었다. 그는 이가 컸고 씹는담배 때문에 착색이 되어 있었다. "오늘 밤에 야영할 거요?"

"네. 그런데 여기서부터 어디까지가, 어, 부족 땅인가요? 오늘 밤 안에 제가 부족 땅 밖으로 나갈 수 있을까요?"

남자가 엄숙한 얼굴로 고개를 저었다. "아니, 내일까지 걸어도 못 나갈 거요. 괜찮소. 불을 피울 때 조심하시오." 그가 다시 씩 웃고는 말을 돌려 떠나기 시작했다.

"저기요, 여긴 뭐 하는 곳인가요?" 내가 벽을 가리키며 물었다. 그가 고삐를 당겨 다시 말머리를 돌렸다. 말이 이리저리 움직이며 먼지가 많이 일었다.

"왜 묻는 거요?" 남자가 약간 의아한 눈빛으로 물었다.

"글쎄요. 그냥 궁금해서요. 제가 가봤던 다른 곳들과는 다른 것 같아서요. 이 벽이…."

남자가 인상을 쓰며 말했다. "빌어먹을 벽." 그러

고는 어깨를 으쓱했다. 그가 하려던 말은 그게 전부인 것 같았는데, 곧 그가 이어서 말했다.

"이 사람들, 우리가 보호하고 있소. 저 사람들이 하는 거를 우리가 좋아하는 건 아니오. 하지만 저들은 힘든 일을 겪었단 말이오. 무슨 말인지 알겠소?" 그가 뭔가 기대하는 눈빛으로 나를 바라봤다. 나는 말수가 적은 서부 사람과 어떻게 대화를 이어가야 할지 감이 잡히지 않았다. 항상 내가 말이 너무 많은 게 아닌가 하는 느낌을 받았다. 서부 사람들은 짧게 툴툴거리거나 어깨를 으쓱하면서 말을 생략했다. 그래서 그들과 대화를 나눌 때는 항상 내가 으스대는 동부의 도시 사람이 된 듯한 느낌이 들었다.

"저 사람들은 손님을 반기나요?" 내가 물었다. "저기에서 밤을 보내면 어떨까 싶어서요."

남자가 다시 어깨를 으쓱했다. 하지만 아까와는 전혀 다른 느낌의 몸짓이었다.

"아마 그럴 거요. 저 사람들이 전부 장님에 귀머거리인 건 아시오?" 아마도 오늘 하루 그가 다른 사람과 나눈 대화는 그게 다였을 것이다. 남자는 혀를 차는 소리를 내더니, 말을 타고 빠르게 멀어져갔다.

나는 벽을 따라 계속 걸어갔다. 흙길이 나왔는데, 그 길은 시냇물을 지나 벽으로 들어갔다. 나무 대문이 열린 채로 있었다. 나는 그들이 온갖 수고를 다 해 벽을 쌓고는 왜 대문은 그렇게 열어놓는지 이해가 되지 않았다. 그런데 협궤 철로가 문에서 나와 한 바퀴를 돌고는 다시 문으로 들어간다는 사실을 알게 되었다. 바깥벽을 따라 철로의 측선이 몇 미터 설치되어 있었다.

나는 대문 앞에 잠깐 서 있었다. 왜 그런 결심을 했는지는 나도 모르겠다. 아마도 한뎃잠에 약간 질리고, 집에서 요리한 음식이 고팠던 모양이다. 태양은 점차 지평선에 가까워지고 있었다. 서쪽의 땅은 지금까지 보아왔던 풍경과 똑같아 보였다. 만일 고속도로가 보였다면, 도로로 가서 히치하이크를 했을 것이다. 그러나 나는 반대 방향으로 걸어가 대문으로 들어갔다.

철길 가운데를 걸어갔다. 철길 양옆에는 널빤지를 가축우리처럼 가로로 붙여 만든 나무 울타리가 있었다. 울타리 너머 한쪽에는 양 떼가 풀을 뜯고 있었다. 셰틀랜드 쉽독 한 마리가 양 떼들과 함께 있었는데, 내가 지나갈 때 귀를 세우고 내게서 눈길을 떼지 않았다. 하지만 휘파람을 불어도 다가오지 않았다.

8백 미터 정도 앞에 건물들이 모여 있었다. 온실처럼 반투명한 돔이 네다섯 채 있었고, 전통적인 사각형 건물도 몇 채 있었다. 산들바람에 느긋하게 돌아가는 풍차도 두 채 있었다. 태양열로 물을 가열하는 패널도 여러 줄로 서 있었다. 이 패널들은 유리와 나무로 납작하게 만들었는데, 지면에서 떨어져 있어서 태양의 움직임에 맞춰 기울일 수 있었다. 지금은 거의 똑바로 서서, 저물고 있는 태양에서 비스듬히 쏟아지는 햇살을 붙잡고 있었다. 나무도 몇 그루 있었는데 과일나무인 것 같았다.

건물까지 절반쯤 갔을 때, 나무로 만든 육교 아래를 지났다. 육교는 철길 위에 설치된 아치형 구조물로서 동쪽의 목초지와 서쪽의 목초지를 이었다. 간단하게 철길 양쪽 울타리에 대문을 달면 안 되나?

그때 철길을 따라 내 방향으로 뭔가가 다가오는 게 보였다. 그건 철길 위에서 이동하고 있었는데, 매우 조용했다. 나는 제자리에 서서 기다렸다.

탄광의 바닥에서 석탄을 실어 올리던 채굴용 기관차를 개조한 것이었다. 배터리의 동력으로 움직이는 기차라 매우 조용해서, 내가 그 소리를 들었을 때는 이미 바로 앞까지 다가온 상태였다. 자그마한 남자가 운전했다. 남자는 기관차 뒤에 차량을 한 대 달고, 음정을 완전히 무시한 채 있는 힘껏 고래고래 소리치며 노래를 부르고 있었다.

기관차가 점점 더 가까이 다가왔다. 대략 시속 10킬로미터의 속도였다. 남자가 한 손을 기관차 밖으로 내밀었는데, 좌회전할 거라고 알려주는 신호인 것 같았다. 기관차가 나를 향해 돌진하고 있을 때, 갑자기 무슨 일이 일어나고 있는지 깨달았다. 남자는 멈출 생각이 없었다. 남자는 손으로 울타리 기둥의 수를 세고 있었다. 나는 아슬아슬하게 허겁지겁 울타리로 기어 올라갔다. 기차와 양옆 울타리 사이의 틈은 15센티미터가 채 되지 않았다. 내가 울타리에 몸을 꽉 붙이고 있을 때, 남자의 손바닥이 내 다리를 치고 지나갔다. 그리고 기차가 우뚝 멈췄다.

남자가 기관차에서 뛰어내리더니 나를 붙잡았다. 나는 곤란한 상황에 빠졌다고 생각했다. 하지만 그는 화내지 않고 걱정스러운 표정을 지었다. 그리고 다치지 않았는지 알아보기 위해 내 몸을 여기저기 더듬었다. 나는 당황했다. 남자가 더듬었기 때문이 아니라, 내가 어리석었기 때문이었다. 그 인디언이 여기에 있는 사람들은 모두 시청각장애인이라고 이야기해줬는데도, 나는 그의 말을 제대로 믿지 않았던 것이다.

내가 남자에게 무탈하다는 의미를 간신히 전달하자, 그가 안도의 한숨을 뱉었다. 그리고 매끄러운 몸짓으로 나에게 철길 위에 있으면 안 된다는 뜻을 이해시켰다. 그는 내게 울타리 너머로 가서 들판을 쭉 걸어가라고 지시했다. 남자는 확실히 이해시키기 위해 몸짓을 여러 차례 반복하더니, 내가 그의 지시대로 철길에서 벗어나는지 확인하기 위해 울타리를 올라가고 있던 나를 붙잡아주었다. 남자는 울타리 너머로 손을 뻗어 내 어깨를 잡고, 내게 미소를 지었다. 남자는 철길을 가리키며 고개를 젓고, 건물을 가리키며 고개를 끄덕거렸다. 그리고 내 머리를 만지더니, 내가 고개를 끄덕이자 미소를 지었다. 그리고 남자는 기관차에 올라타고 출발했다. 그리고 내내 고개를 끄덕이며, 나에게 가라고 했던 방향을 계속 가리켰다. 곧 남자가 멀어져갔다.

나는 뭘 해야 할지 고민했다. 내 마음은 발길을 돌려 목초지를 지나 벽으로 가서 언덕 쪽으로 돌아가는 방향으로 기울었다. 이 사람들은 아마 내가 주변에서 얼쩡거리는 것을 좋아하지 않을 것이다. 내가 그들과 대화를 할 수 있을지도 의심스러웠다. 어쩌면 그들이 내게 화를 낼 수도 있었다. 다른 한편으로는 흥미가 일었다. 누군들 흥미가 돋지 않겠는가? 그들이 어떻게 살아가는지 보고 싶었다. 나는 아직도 그들이 모두 시청각장애인이라는 사실이 믿어지지 않았다. 그건 가능하지 않을 것 같았다.

셰틀랜드 쉽독이 내 바지에 코를 대고 킁킁거렸다. 내가 내려다보자 양치기견은 물러났다가, 내가 손바닥을 내밀자 조심스럽게 다가왔다. 개는 킁킁거리더니 손바닥을 핥았다. 내가 머리를 쓰다듬어주자 양 떼 쪽으로 돌아갔다.

나는 건물들을 향해 나아갔다.

사업을 할 때 가장 중요한 것은 자금이다.

이 사실을 경험을 통해 배운 학생은 아무도 없었지만, 도서관에는 점자책이 가득했다. 그들은 책을 읽기 시작했다.

가장 확실한 한 가지는 돈이 있으면 변호사를 어렵지 않게 구할 수 있다는 사실이었다. 학생들이 편지를 썼다. 그들은 답장을 보내온 변호사 중에서 한 명을 선택해 변호를 의뢰했다.

학생들은 당시 펜실베이니아주에 있는 학교에 다니고 있었다. 본래 5백 명이었던 특수학교 학생들은 70명까지 줄었다. 그들의 특수한 문제를 해결할 다른 방법을 찾았거나, 가족과 함께 살아갈 학생들이 떠났기 때문이었다. 남은 70명 중 일부는 갈 곳이 있어도 가려고 하지 않았다. 그 외 다른 학생들은 학교에 남는 것 말고는 다른 대안이 거의 없었다. 그 학생들은 부모가 사망했거나, 부모와 함께 살고 싶지 않았다. 그래서 70명은 전국의 학교에서 펜실베이니아주에 있는 이 학교로 모여 문제를 해결할 방법을 함께 고민했다. 당국도 계획이 있었지만, 학생들은 그 계획보다 앞서갔다.

학생들은 1980년부터 연간 최저 보장 소득을 받을 수 있는 대상이 되었다. 하지만 그들은 정부의 보살핌을 받고 있으므로, 그 돈을 수령할 수 없었다. 학생들은 변호사를 통해 소송을 제기했다. 변호사는 그들이 보장 소득을 받을 수 없다는 판결문을 가지고 돌아왔다. 그들은 항소했고, 결국 승리했다. 돈은 소급해서 이자까지 붙여 지불받았으므로 상당한 금액이 되었다. 학생들은 변호사에게 감사를 표하고, 부동산중개인을 고용했다. 그 와중에도 그들은 계속 책을 읽었다.

그들은 뉴멕시코주에 있는 공동체들에 대해 읽었다. 그래서 부동산중개인에게 뉴멕시코주의 토지를 살펴보게 했다. 중개인은 나바호족과 영구 임대 계약을 체결했다. 그들은 토지에 대한 자료를 읽은 후 원하는 만큼의 생산력을 내기 위해서는 물이 많이 필요하다는 사실을 깨달았다.

그들은 여러 모임으로 나누어 자급자족에 필요한 연구를 진행했다.

리오그란데강의 저수지에서 남쪽 개간지로 보내는 수로에 관로를 연결하면 물을 구할 수 있을 것이다. 보건교육후생부와 농무부, 인디언사무국이 포함된, 미로처럼 복잡한 계획을 통해 그 사업에 연방 예산을 이용할 수 있게 되었다. 덕분에 그들은 관로에 자신들의 돈을 거의 사용하지 않았다.

그 땅은 불모지였다. 양을 몰고 다니며 키우지 않으려면, 목초지를 만들 비료가 필요했다. 비룻값은 귀농 사업을 통해 보조금으로 받을 수 있었다. 그 후 학생들은 클로버를 심어 그들이 원하는 질산

염이 풍부한 땅을 만들었다.

비료나 살충제를 걱정하지 않아도 되는 환경적인 농사 기법이 있었다. 모든 것을 재활용했다. 간단히 말해, 한쪽으로 햇빛과 물을 넣고, 다른 쪽에서 양털과 물고기, 채소, 사과, 꿀, 달걀을 수확했다. 땅 외에는 아무것도 이용하지 않았는데, 심지어 배설물을 이용해 땅도 재활용했다. 학생들은 거대한 콤바인 수확기와 항공 농약 살포를 이용한 기업식 농업에는 관심이 없었다. 그들은 심지어 농사로 이익을 낼 생각도 없었다. 그저 자급하기에 충분한 양만 원했다.

처리해야 할 세부 사항이 늘어났다. 최초로 제안하고, 압도적인 장애에 맞서 그 생각을 행동으로 옮기는 추진력이 되었던 그들의 지도자는 패기 넘치는 재닛 라일리였다. 재닛은 장군이나 경영진이 거대한 목표를 달성할 때 적용하는 기법들에 대해 몰랐지만, 스스로 그 기법들을 고안해서 자신이 이끄는 집단의 특수한 요구와 한계에 맞춰 적용했다. 재닛은 진행할 사업의 다양한 상황에 맞춘 해결책을 알아보기 위해 여러 대책팀을 구성했다. 법률, 과학, 사회개발, 설계, 구매, 물류, 건설 등. 진행되는 상황에 대해 언제나 모든 내용을 알고 있는 사람은 재닛뿐이었다. 재닛은 기록을 전혀 하지 않고 모든 사항을 머릿속에 기억했다.

재닛은 사회개발 분야에서 그저 훌륭한 조직가일 뿐만 아니라 통찰력 있는 사람이라는 사실을 잘 보여주었다. 재닛의 계획은 고통받는 동료들이 소리도 없고 빛도 없는 삶을 살아갈 수 있는 장소를 만들려는 게 아니었다. 완전히 새롭게 출발하고 싶어 했다. 언제나 살아왔던 방식이라는 이유로 강요되는 관습을 받아들이지 않았다. 시청각장애인을 위한, 그리고 시청각장애인에 의한 삶의 방식을 만들려 했다. 재닛은 혼인제도부터 공연음란죄까지 인간의 모든 문화적 제도를 검토해 자신과 친구들의 요구와 어떻게 관련되는지 살펴봤다. 재닛은 이런 접근법이 위험하다는 사실은 알고 있었지만 단념하지 않았다. 사회개발 대책팀은, 자신들이 원하는 사회를 만들려 노력했던 다양한 집단에 대한 자료를 읽고, 그들이 어떻게 그리고 왜 실패하거나 성공했는지에 관한 보고서를 재닛에게 제출했다. 재닛은 자기 경험을 바탕으로 이 정보를 걸러내고, 그들만의 고유한 요구와 목표가 있는 이 색다른 집단에 어떻게 작동할 수 있을지 살펴봤다.

세부 사항은 끝이 없었다. 그들은 자신들의 계획을 점자 설계도로 만들어줄 건축가를 고용했다. 계획이 조금씩 다듬어지며 진화했다. 돈도 더 많이 지출되었다. 그들이 고용한 건축가가 현장에서 감독하며 건설이 시작되었다. 건축가는 이제 재능 기부를 할 정도로 그 계획에 매료되었다. 그들은 현장에 믿을 수 있는 누군가가 필요했으므로, 건설가의 지원은 큰 행운이었다. 그렇게 먼 거리에서 이뤄낼 수 있는 것은 그 정도가 전부였다.

학생들이 이사할 준비가 되었을 때, 관료적인 문제가 생겼다. 이미 예상했던 일이었지만, 그 일은 학생들을 좌절시켰다. 그들의 복지를 담당하는 기관이 그 사업의 타당성을 의심했다. 아무리 설득해도 그 사업을 막을 수 없다는 사실이 분명해

지자, 복지기관에서는 학생들을 보호한다는 명분으로 학교를 떠나지 못하도록 금지명령을 내렸다. 학생들은 당시 스물한 살이었지만, 복지기관에서는 그들이 정신적으로 무능력해서 자신들의 일을 제대로 처리하지 못한다고 판단했다. 청문회가 열렸다.

다행히 학생들은 당시에도 변호사와 연락을 취하고 있었다. 변호사 역시 학생들의 대단한 통찰력에 매료된 상태여서, 그들을 위해 거대한 투쟁을 떠맡았다. 변호사는 공공시설에 수용된 사람들의 기본권에 관한 판결을 받아냈는데, 그 판결은 나중에 대법원에서 확정되었다. 결국 그 판결은 국공립 병원과 군립(郡立)병원에 중대한 영향을 미쳤다. 전국 곳곳의 부적절한 시설에 수용된 수천 명의 환자로부터 발생한 사건들이 이미 문제가 되고 있다는 사실을 자각한 복지기관이 학생들의 사업을 받아들였다.

그때는 1986년 봄이었다. 학생들이 목표로 했던 날짜보다 1년이 지난 후였다. 침식 방지용으로 심었던 클로버가 부족해서, 그들이 뿌려놓은 비료가 물에 씻겨 나간 상태였다. 작물을 심기에는 너무 늦었고, 자금도 떨어져갔다. 그런데도 그들은 뉴멕시코주로 이주해 모든 것들을 새로 시작하는 대단히 힘든 일에 뛰어들었다. 그들은 55명이었는데, 생후 3개월부터 여섯 살 사이의 어린아이들도 아홉 명이나 있었다.

당시 내가 무엇을 기대했었는지 모르겠다. 그곳의 상황이 너무 평범하거나 너무 달라서 모두 놀라웠다는 게 기억난다. 거기가 어떤 곳일지에 대해 내가 상상했던 바보 같은 추측은 하나도 맞지 않았다. 그리고 당연히 나는 그곳의 역사를 알지 못했다. 나중에서야 조금씩 단편적으로 알게 되었다.

몇몇 건물에 불이 켜져 있는 것을 보고 놀랐다. 나는 처음에 그들에게 불빛이 필요하지 않을 거라 짐작했었다. 너무 평범한 모습이라 내가 놀랐던 사례 중 하나다.

달라서 놀랐던 점에 대해 말해보자면, 처음에

관심을 끈 것은 철길 양쪽에 세워진 울타리였다. 그 울타리 때문에 기차에 치일 뻔했기 때문에, 나는 그 울타리에 개인적인 관심이 있었다. 나는 몹시 궁금했다. 그 수수께끼를 이해하기 위해 하룻밤을 머물러야 한다면 기꺼이 그럴 생각이었다.

나무 울타리는 대문에서 헛간까지 이어진 철길을 양쪽에서 감싼 형태였다. 철길은 대문 밖에서 그랬듯이 헛간 안에서도 고리 형태로 돌아서 나왔다. 철길은 처음부터 끝까지 전체가 울타리로 둘러싸여 있었다. 외부에서 철길에 접근이 가능한 곳은 헛간 옆의 하역장과 대문 밖으로 나갔을 때뿐이었다. 결국 이해가 됐다. 시청각장애인이 저런 운송수단을 운용하기 위해서는 누구도 그 경로에 들어서지 않도록 울타리를 치는 방법밖에 없었을 것이다. 이들은 어떤 경우에도 사람들이 철길 위에 올라가지 못하도록 막은 것이었다. 기차가 다가와도 그들에게는 경고할 방법이 없기 때문이었다.

건물들이 모여 있는 곳으로 걸어가니 어스름 속에서 사람들이 이리저리 돌아다니고 있었다. 예상했던 대로 그들은 나를 알아채지 못했다. 사람들은 움직임이 빨랐다. 그중 몇 명은 실제로 뛰어다녔다. 가만히 서서 주변을 살폈는데, 아무도 나와 충돌하지 않았다. 그들이 어떻게 서로 부딪히지 않고 움직이는지 알아내야 나도 자신 있게 앞으로 나아갈 수 있을 것 같았다.

나는 허리를 숙여 바닥을 살펴봤다. 해가 지며 점차 어두워지고 있었지만, 콘크리트 인도가 이리저리 교차하고 있다는 것을 알 수 있었다. 인도의 각 블록은 직선, 파도, 움푹 들어간 곳, 거칠고 매끄러운 부분 등 여러 종류의 문양을 홈으로 새긴 후 설치되었다. 사람들이 그렇게 생긴 인도 위로만 빠르게 이동하고, 모두 맨발이라는 사실을 곧 알아차렸다. 이게 발로 읽는 통행 표시라는 사실을 쉽게 알 수 있었다. 나는 다시 허리를 펴고 섰다. 그 시스템이 작동하는 방법까지 이해할 필요는 없었다. 이제 어떤 건지 알았으니, 인도의 경로에서 벗어나는 것으로 충분했다.

이 사람들은 평범했다. 일부는 옷을 입지 않았

는데, 당시 나는 그런 모습에 익숙했다. 그들은 외모나 덩치가 다양했지만, 어린아이들 외에는 모두 비슷한 연배로 보였다. 서로 가까워져도 멈춰서 대화를 나누거나 손을 흔들며 인사하지 않는다는 점을 제외하면, 그들이 시각장애인이라는 사실을 짐작하기 힘들었다. 그들은 인도들을 잇는 교차로에 가까워지면 속도를 늦추며 지나갔다. 나로서는 그들이 거기에 교차로가 있는지를 어떻게 아는지 몰랐지만, 몇 가지 방법이 가능할 것 같았다. 훌륭한 통행 체계였다.

그들 중 누군가에게 다가가고 싶다는 생각이 들기 시작했다. 그때까지 나는 약 30분가량 침입자로서 거기에 있었다. 당시 나는 이들이 공격에 무방비로 노출되어 있다는 잘못된 인식을 하고 있던 것 같다. 마치 빈집털이범이 된 듯한 느낌이었다.

잠시 한 여자의 옆을 따라 걸었다. 여자는 앞을 향해 아주 단호하게 성큼성큼 걸어갔다, 혹은 그렇게 보였다. 여자가 무언가를 감지한 것 같았다. 아마도 내 발걸음을 느끼는 것 같았다. 여자가 속도를 늦추었을 때, 나는 달리 소통할 방법이 없었으므로 여자의 어깨 위에 손을 올렸다. 여자가 즉시 멈춰서더니 나를 향해 몸을 돌렸다. 여자는 두 눈을 뜨고 있었지만, 눈에는 초점이 없었다. 여자가 양손으로 내 온몸을 더듬었다. 얼굴과 가슴, 손을 살짝 더듬고, 옷을 손가락으로 매만졌다. 내가 어깨에 손을 대자마자 여자는 낯선 사람이라는 사실을 알아차렸을 거라는 생각이 들었다. 하지만 여자는 내게 따스한 미소를 지으며 안아줬다. 여자의 두 손은 매우 섬세하고 따뜻했다. 손에는 힘든 작업으로 굳은살이 박여 있었기 때문에 이런 표현이 우습지만, 어쨌거나 여자의 손은 예민했다.

여자가 몸짓으로 나를 이해시켰다. 건물들을 가리키더니, 상상의 숟가락을 들고 먹는 시늉을 하고, 시계의 숫자를 두드렸다. 1시간 후에 저녁 식사가 제공되는데, 나를 초대했다. 나는 여자의 손을 내 얼굴에 올리고 고개를 끄덕이며 미소를 지었다. 여자가 내 볼에 입맞춤하고, 서둘러 떠났다.

뭐, 그렇게 나쁘지 않았다. 그전까지 나는 내 의

사소통 능력을 걱정했었다. 하지만 나중에 그 여자는 내가 말해준 내용보다 나에 대해 더 많이 알아차렸다는 사실을 알게 되었다.

나는 그 공동식당인지 뭔지 아무튼 그 건물로 들어가는 걸 나중으로 미뤘다. 그리고 어둠 속에서 느긋하게 산책하며 건물들의 배치를 살펴봤다. 작은 양치기견이 밤을 지내기 위해 양들을 축사로 다시 몰고 들어가는 모습이 보였다. 개는 어떤 지시도 받지 않고 양 떼를 열린 문으로 정확히 몰아넣었다. 그리고 주민 한 사람이 문을 닫아 양 떼를 안에 가뒀다. 남자가 허리를 숙여 개의 머리를 쓰다듬어주자, 개가 그의 손을 핥았다. 밤을 대비한 작업을 마친 개는 나를 향해 달려와 바지에 코를 박고 킁킁거렸다. 그리고 저녁 내내 내 주변을 얼쩡거렸다.

모든 사람이 매우 바삐 움직이고 있었기 때문에, 한 여자가 한가롭게 철길 울타리 위에 앉아 있어서 놀랐다. 나는 그쪽으로 갔다.

가까이 다가가자, 여자는 짐작보다 어려 보였

다. 나중에 알기로는 열세 살이라고 했다. 그리고 옷을 전혀 안 입은 상태였다. 내가 어깨를 두드리자, 여자가 울타리에서 뛰어내렸다. 그리고 앞서 다른 여자가 그랬듯 거리낌 없이 나의 몸 여기저기를 만졌다. 여자가 내 손을 잡더니 손바닥에 자기 손가락을 대고 빠르게 움직였다. 무엇을 적었는지는 이해할 수 없었지만, 그게 어떤 행동인지는 알았다. 나는 어깨를 으쓱하고, 수화할 줄 모른다는 의미를 알려주기 위해 다른 몸짓을 해봤다. 여자는 양손을 그대로 내 얼굴에 대고 있는 상태에서 고개를 끄덕거렸다.

여자가 내게 저녁 식사 때까지 머무를 건지 물었다. 나는 그럴 거라고 대답했다. 여자는 내게 대학에서 왔느냐고 물었다. 그런데 몸짓만으로 질문을 하는 게 쉽다고 생각하는 사람이 있다면 직접 해보시라. 하지만 여자는 몸짓이 대단히 우아하고 유연했으며, 자신이 표현하려는 바를 전달하는 데 매우 능숙했다. 그 모습을 지켜보고 있으니 아주 아름다웠다. 마치 연설과 발레를 동시에 하는 것 같았다.

나는 대학에서 오지 않았다고 했다. 그리고 내가 무슨 일을 하고, 어떻게 여기에 왔는지 말하려 노력했다. 여자는 양손으로 내 표현을 들었는데, 내가 의미를 명확하게 전달하지 못하자 자기 이마를 긁적였다. 대화를 주고받는 내내 여자의 얼굴에서 미소가 점점 더 커지더니, 이윽고 나의 기괴한 몸짓 때문에 소리 없는 웃음을 터뜨렸다. 이 모든 일은 여자가 나와 바짝 붙어 서서 나를 만지는 중에 일어났다. 마침내 여자가 양손으로 자기 허리를 짚었다.

"당신은 연습이 필요한 것 같아요." 여자가 말했다. "하지만 괜찮다면, 지금부터 입말로 대화를 나눠도 될까요? 당신이 너무 웃겨서요."

나는 벌에게 쏘인 양 펄쩍 뛰었다. 시청각장애 소녀라고 생각할 때는 모르는 체할 수 있었던 몸의 접촉이 갑자기 어색해졌다. 나는 약간 뒤로 물러났지만, 여자의 양손이 다시 나를 따라왔다. 여자는 어리둥절한 표정을 짓더니, 양손으로 문제를 읽었다.

"미안해요." 여자가 말했다. "저를 시청각장애인

이라고 생각했군요. 당신이 그렇게 생각하는 줄 알았다면, 바로 말해줬을 거예요."

"여기에 있는 모든 사람이 시청각장애인인 줄 알았어요."

"부모님들만 그래요. 저는 자녀 세대예요. 저희는 다들 아주 잘 듣고 볼 수 있어요. 너무 긴장하지 마세요. 접촉을 견디지 못하면 이곳에서 지내는 게 불편할 거예요. 긴장을 푸세요, 저는 당신을 해치지 않아요." 그리고 여자가 다시 양손으로 나를 계속 더듬었다. 주로 얼굴 부위였다. 당시 나는 그 상황을 이해하지 못했지만, 성적인 의도가 있는 것 같지는 않았다. 알고 보니 내 생각이 잘못된 것이었지만, 접촉이 노골적이지는 않았다.

"제가 요령을 알려줘야겠네요." 여자가 말하며 돔을 향해 출발했다. 가는 내내 내 손을 잡고 곁에서 함께 걸었다. 내가 말을 할 때마다 여자는 다른 손으로 내 얼굴을 계속 만졌다.

"첫 번째, 콘크리트 인도에서 떨어지세요. 그 길은…"

"그건 이미 알아챘어요."

"그래요? 여기에 얼마나 있었죠?" 여자가 새롭게 흥미를 보이며 내 얼굴을 더듬었다. 이제 해가져서 몹시 어두웠다.

"1시간이 채 안 됐어요. 하마터면 기차에 치일 뻔했죠."

여자가 웃음을 터뜨리더니, 곧 사과하며 내겐 그 일이 결코 재미있는 사건이 아니었을 거라는 사실을 알고 있다고 했다.

나는 당시에는 재미있지 않았지만 지금 생각하니 재밌다고 말해줬다. 여자가 대문에 경고문이 붙어 있다고 했다. 하지만 나는 운이 없어서 문이 이미 열린 상태일 때 이곳에 왔기 때문에, 그 경고문을 보지 못했다. 그들은 열차가 출발하기 전에 원격조종장치로 대문을 열었다.

"이름이 뭐예요?" 식당에서 새어 나오는 부드러운 노란색 불빛이 가까워졌을 때 내가 여자에게 물었다. 내 손을 잡고 있던 여자의 손이 반사적으로 움직였다가 곧 멈췄다.

"아, 저도 몰라요. 이름이 있긴 있어요. 사실은 여러 개죠. 하지만 모두 몸말이에요. 저는… 분홍이에요. 입말로 옮기면 아마 분홍일 거예요."

그 이름에는 배경 일화가 있었다. 여자는 특수학교 학생들이 낳은 첫 아이였다. 그들은 아기들이 분홍색이라고 배웠기 때문에, 이 아이를 그렇게 불렀다. 그들은 아이가 분홍색이라고 생각했을 것이다. 식당으로 들어서자, 나는 분홍의 이름이 시각적으로 부정확하다는 사실을 알 수 있었다. 분홍의 부모 중 한쪽이 흑인이었다. 여자는 피부색이 거무스름했으며 파란 눈동자였다. 곱슬머리는 피부색보다 밝은색이었다. 코는 넓적했지만, 입술은 조그마했다.

분홍이 내 이름을 묻지 않아서 나는 굳이 말하지 않았다. 여기에 지내는 동안 입말로 내 이름을 묻는 사람은 아무도 없었다. 이들은 여러 가지 몸말로 나를 불렀는데, 아이들이 나를 부를 때는 "이봐요, 당신!"이었다. 이들은 입말을 잘 하지 않았다.

식당은 벽돌로 지은 직사각형 건물이었고, 커다란 돔과 연결되어 있었다. 조명은 어스름하게 켜져 있었다. 나중에 들으니, 그 조명은 나를 배려해 켜 둔 것이었다고 했다. 아이들은 뭔가를 읽을 때 외에는 조명이 필요하지 않았다. 나는 분홍의 손을 잡았다. 안내해주는 사람이 있어서 기뻤다. 나는 눈과 귀를 모두 활짝 열었다.

"우리는 격식을 차리지 않아요." 분홍이 말했다. 분홍의 목소리는 커다란 식당 안에서 당황스러울 정도로 크게 울렸다. 다른 사람들은 아무도 말하지 않았다. 식당 안에는 몸을 움직이는 소리와 숨 쉬는 소리만 들렸다. 몇몇 아이들이 고개를 들었다. "지금 당신을 사람들에게 소개하지는 않을 거예요. 그냥 우리 가족의 일원이 되었다고 생각하세요. 나중에 사람들이 당신을 느끼면, 그때 이야기해도 돼요. 옷은 여기 문에서 벗을 수 있어요."

나는 옷을 벗는 데 아무런 문제가 없었다. 다른 사람들도 모두 벌거벗은 상태였던 데다, 그즈음 나는 공동체마다 다른 관습에 쉽게 적응할 수 있었다. 일본에서는 신발을 벗고, 타오스의 공동체들에서는 옷을 벗는 법이다. 뭐가 다르겠는가?

음, 사실은 꽤 큰 차이가 있었다. 여기에서는 계속 몸을 접촉했다. 우리가 평소에 다른 사람들을 흘낏 쳐다보는 것처럼, 여기에서는 모든 사람이 다른 모든 사람을 매만졌다. 모든 사람이 먼저 내 얼굴을 만진 다음, 완전히 천진난만한 태도로 몸의 이곳저곳을 만졌다. 늘 그렇듯이, 그 모습은 겉으로 보이는 것과 달랐다. 그 접촉은 순진무구하지 않았고, 그들이 공동체 내에서 평소에 다른 사람들을 대하는 방식과 달랐다. 그들이 서로 접촉할 때는 나를 만질 때보다 다른 사람의 성기를 훨씬 자주 만졌다. 그들은 내가 놀라지 않도록 평소의 행동을 자제했던 것이다. 그들은 처음 온 사람들에게 매우 정중했다.

　식당에는 낮고 긴 식탁이 하나 있었는데, 모든 사람이 그 식탁을 둘러싸고 바닥에 앉아 있었다. 분홍이 나를 그 식탁으로 데려갔다.

　"바닥에 노출된 줄무늬 보이죠? 저리로는 가지 마세요. 저 위에는 아무것도 놔두지 마세요. 사람들이 걸어 다니는 길이에요. 어떤 것도 자리를 바꾸지 마세요. 가구 말이에요. 가구의 위치는 전체 회의에서 결정하기 때문에, 우리는 모든 게 어디에 있는지 다 알아요. 작은 물건들까지도요. 어떤 물건을 집어 들었으면, 그 물건을 발견한 바로 그 장소에 그대로 돌려놓으세요."

"알았어요."

사람들은 식당과 붙어 있는 주방에서 음식이 담긴 그릇과 쟁반을 가져와 식탁 위에 차리고 음미하기 시작했다. 그들은 접시를 사용하지 않고 손가락으로 느긋하게 애정이 깃든 얼굴로 식사했다. 오랫동안 향기를 맡은 후에야 한 입 깨물었다. 식사는 이 사람들에게 매우 감각적인 일이었다.

요리가 정말로 훌륭했다. 나는 그전에도, 그리고 그 이후에도 '켈러'에서 맛본 음식만큼 훌륭한 요리를 먹어본 적이 없었다('켈러'는 내가 입말로 이곳을 부르는 이름이다. 그들의 몸말로 부르는 이름도 아주 비슷했다. 내가 이곳을 '켈러'라고 하면 모든 사람이 무엇을 말하는지 이해했다). 처음에는 도시에서 찾기 힘든 신선하고 질이 좋은 산물로 시작했다. 그리고 예술적인 기법과 상상력으로 요리한 음식으로 나아갔다. 그전에 먹어본 어떤 나라의 음식과도 달랐다. 이들은 즉흥적으로 요리를 했기 때문에, 같은 재료를 이전과 같은 방식으로 요리하는 경우가 드물었다.

기차로 나를 칠 뻔했던 친구와 분홍 사이에 내가 앉았다. 나는 꼴사납게도 목까지 차도록 먹었다. 지금껏 먹었던 육포나 마분지처럼 바짝 말린 유기물과 너무나 달랐기 때문에 식욕을 참을 수가 없었다. 식사를 마치고 우물쭈물 시간을 끌었지만, 나는 다른 사람들보다 훨씬 먼저 식사를 끝냈다. 조심스럽게 뒤로 물러나 앉아 그들을 바라보면서, 혹시 내 속이 안 좋은 건가 걱정했다(다행히 아무 문제도 없었다). 그들은 스스로 먹거나 서로에게 먹여주었다. 때로는 자리에서 일어나서 식탁을 완전히 돌아가 반대편에 있는 친구에게 한 입 분량의 맛이 좋은 음식을 주기도 했다. 내가 '목구멍까지 찼다'라는 손말을 어설프게 익히기 전까지 너무도 많은 사람이 그렇게 음식을 먹여줘서 거의 터져버리기 직전이었다. 음식을 거절하는 더욱 다정한 방법은 다른 사람에게 음식을 권하는 것이라고 분홍이 가르쳐주었다.

결국 나는 분홍을 먹여주는 일과 다른 사람들을 바라보는 일 외에는 할 일이 없게 되었다. 그래서 좀 더 주의 깊게 사람들을 관찰하기 시작했다. 나는 그들이 먹고 있다고만 생각했는데, 얼마 지나지 않아 식탁을 둘러싸고 활발한 대화가 진행되고 있다는 사실을 알아챘다. 그들은 양손을 분주히 움직였는데, 눈에 거의 보이지 않을 정도로 빨랐다. 손으로 다른 사람의 손바닥, 어깨, 다리, 팔, 배에 대고 말했다. 몸의 어느 부위라도 상관없었다. 재치 있는 말이 사람들의 줄을 따라 지나가고, 식탁의 한쪽 끝에서 다른 쪽 끝까지 도미노가 넘어지듯 웃음의 잔물결이 퍼져가는 모습을 지켜보는 것은 놀라웠다. 말이 전달되는 속도가 빨랐다. 주의 깊게 살펴보니 생각의 이동을 볼 수 있었다. 한 사람에게 어떤 생각이 닿으면, 그 생각을 다음 사람에게 전달하며 동시에 반대 방향으로 대답을 전했다.

그리고 차례로 생각을 전달하고, 줄을 따라 생겨난 다른 대답들도 전달했는데, 그런 생각과 대답이 앞뒤로 오락가락했다. 그 모습은 물결이 생성되고 퍼져나가는 것과 비슷했다.

그 모습은 지저분했다. 자, 한번 보자. 손으로 음식을 먹으면서 그 손으로 말하면 음식으로 더럽혀질 수밖에 없다. 그러나 신경 쓰는 사람은 아무도 없었다. 나도 당연히 신경 쓰지 않았다. 소외감을 느끼기에는 너무 바빴다. 분홍이 내게 입말을 했지만, 청각 장애인이 된 느낌이 어떤 건지 알 수 있었다. 이 사람들은 친절했고 나를 좋아하는 것 같았지만, 내가 느끼는 소외감에 대해서는 해줄 수 있는 게 아무것도 없었다. 우리는 소통할 수 없었다.

그 후, 우리는 설거지 담당들만 남겨놓고 모두 밖으로 몰려 나가, 줄지어 늘어선 수도꼭지가 쏟아내는 시리도록 차가운 물로 몸을 씻었다. 나는 분홍에게 설거지를 돕고 싶다고 말했다. 하지만 분홍은 내가 방해가 될 뿐이라고 했다. 켈러에서 일을 진행하는 아주 특별한 방법들을 배우기 전까지는 아무것도 할 수 없었다. 분홍은 이미 내가 여기에 오래 머물 거라고 짐작하는 것 같았다.

몸을 말리기 위해 건물 안으로 다시 돌아왔더니, 사람들이 마치 강아지들처럼 다정하게 장난치고 수건으로 서로의 몸을 닦아주었다. 그 후 우리는 돔으로 갔다.

돔 안은 따듯했다. 그리고 어두웠다. 복도에서 식당까지 조명이 켜져 있었지만, 머리 위의 삼각형 모양의 유리 격자들을 통해 스며드는 별빛을 가릴 정도로 밝지는 않았다. 야외에 나와 있는 것과 별반 다르지 않았다.

분홍이 재빨리 돔 안에서 지켜야 하는 위치에 대한 예절을 가르쳐줬다. 그 예절을 따르는 것은 어렵지 않았지만, 나는 통행 공간에 꼴사납게 끼어들어 누군가를 넘어뜨리지 않으려고 양팔과 다리를 몸에 딱 붙이고 있었다.

나는 또다시 잘못 생각했다. 살과 살이 닿는 작고 부드러운 소리만 났기 때문에, 난교가 벌어지는 한복판으로 들어가고 있다고 생각했다. 앞서 다른 공동체에서 난교 파티에 참여해본 적이 있었는데, 이 상황이 그 당시와 몹시 비슷했기 때문이었다. 곧 내가 잘못 생각했다는 사실을 깨달았다. 그리고 잠시 후 어떤 면에서는 내 생각이 옳았다는 것도 알게 되었다.

내가 잘못된 추측을 하게 된 것은, 이 사람들의 집단적인 대화가 마치 난교처럼 보인다는 단순한 사실 때문이었다. 나중에 좀 더 자세히 살펴봤더니, 백여 명의 사람들이 동시에 발가벗은 상태에서 미끄러지고, 문지르고, 입 맞추고, 애무했다. 난교와 어떤 점에서 차이가 날까? 차이가 없었다.

내가 '난교'라는 단어를 사용한 것은 그저 많은 사람이 서로 밀접하게 접촉하는 상황을 전달하기 위해서였다는 사실을 말해야겠다. 나는 그 단어를 좋아하지 않는다. 너무 많은 의미가 담겨 있기 때문이다. 그러나 당시 나는 바로 그 의미로 난교라는 단어를 사용했었기 때문에, 이 상황이 난교가 아니라는 것을 알고는 긴장이 풀렸다. 내가 참여해봤던 난교 파티는 지루하고 인간미가 없었다. 나는 이 사람들에게서는 좀 더 나은 상황을 기대했다.

많은 사람이 붐비는 군중을 뚫고 다가와 나를 만났다. 한 번에 한 사람 이상은 오지 않았다. 그들은 어떻게 진행되는지 계속 상황을 확인하면서 자신의 순서를 기다리다 내게 말을 걸었다. 당연하게도, 당시 나는 그런 사실을 몰랐다. 분홍이 내 옆에 앉아 어려운 말들을 통역해줬다. 이윽고 나는 분홍과 입말로 말하는 방식을 차츰 줄이고, 촉각으로 보고 이해하는 방식을 시작했다. 사람들은 몸의 모든 부분을 다 만져보기 전에는 나를 진정으로 안다고 여기지 않았기 때문에, 그 시간 동안 줄곧 내 몸에 누군가의 손이 닿아 있었다. 나도 같은 방식으로 소심하게 다른 사람의 몸을 만졌다.

이렇게 사람들이 온몸을 만지자, 나는 곧 발기해버렸다. 상당히 당황스러웠다. 나는 그들처럼 지적인 차원으로 자제하지 못했기 때문에, 그런 상황에서 성적인 반응을 억누르지 못한 나 자신을 책망하고 있었는데, 내 옆에 있는 한 쌍이 사랑이 나누고 있다는 사실을 알아채고 약간 충격을 받았다.

사실, 그들은 10분 전부터 사랑을 나누고 있었다. 그 모습이 현재 주변에서 일어나는 상황과 너무도 자연스럽게 어울렸기 때문에, 나는 그 사실을 알아챘으면서 동시에 모르고 있었다.

그 사실을 깨닫자마자, 문득 내가 제대로 생각하는 건지 의심이 들기 시작했다. 저들이 정말로 사랑을 나누고 있는 걸까? 그들의 움직임은 매우 느렸고, 조명이 너무 어두웠다. 하지만 여자가 다리를 위로 들었고 남자가 여자 위에 있다는 것은 확실했다. 바보 같은 생각이었지만, 정말로 알아내야만 했다. 내가 대체 어떤 곳에 들어왔는지 알아야 하기 때문이었다. 상황을 제대로 알지 못하면 어떻게 적절한 사회적 반응을 할 수 있겠는가?

나는 다양한 공동체에서 여러 달을 보낸 후 사회적으로 예의 바른 행동이라는 개념에 매우 민감해졌다. 한 곳에서는 저녁 식사 전에 기도했고, 다른 곳에서는 힌두교의 하레 크리슈나를 찬양했으며, 또 다른 곳에서는 기꺼이 나체주의자가 되었다. 로마에 가면 로마법을 따른다. 공동체의 문화에 적응할 수 없다면, 방문하지 말아야 한다. 나는 메카를 향해 절을 할 것이고, 식사 후에 트림을 할 것이며, 권하는 술은 무엇이든 건배할 것이고, 유기농 쌀을 먹고 요리사를 찬양할 것이다. 하지만 제대로 행동하려면, 공동체의 관습을 알아야만 한다. 나는 여기의 관습을 이해했다고 생각했었지만, 겨우 몇 분 만에 세 번이나 그 생각을 바꿔야 했다.

남자가 여자에게 삽입했다는 점에서, 그들은 사랑을 나누고 있었다. 또한 두 사람은 서로 깊게 뒤엉켜 있었다. 그들의 손은 마치 나비처럼 서로의 몸 이곳저곳에서 퍼덕거리며 내가 보거나 느낄 수 없는 의미로 가득 채웠다. 그런데 주변의 다른 사람들이 그들을 만지고, 그들도 다른 사람들을 만졌다. 이마나 팔을 툭 치는 정도의 간단한 메시지이긴 했지만, 두 사람은 주변 사람들과 대화를 하고 있었다.

내가 어디에 주의를 기울이고 있는지 분홍이 알아챘다. 분홍은 나를 감싸 안고 있었지만, 내가 자극적이라고 생각할 수 있는 어떠한 일도 하지 않았다. 나는 결론을 내릴 수 없었다. 그 모습은 너무도 천진난만했지만, 동시에 그렇지 않았다.

"저들은 (―)와 (―)이에요." 분홍이 말했다. 괄호를 친 부분은 분홍이 내 손바닥에 손가락을 대고 그렸다는 뜻이다. 나는 소리 단어로는 분홍을 제외한 다른 사람의 이름을 알지 못했다. 그래서 나는 그들의 몸말 이름을 입말로 표현할 수 없다. 분홍이 발을 뻗어 여자를 만지더니, 발가락을 뭔가 복잡하게 움직였다. 여자가 미소를 짓더니 분홍의 발을 잡고 손가락을 움직였다.

"(―)가 당신이랑 나중에 대화하고 싶대요." 분홍이 내게 말했다. "그녀가 (―)와 대화를 마친 다음에요. 당신은 그녀를 먼저 만난 적이 있어요. 기억하나요? 그녀는 당신의 손이 좋았대요."

지금 이 상황이 미친 소리처럼 들릴 것이다. 내가 듣기에도 분홍의 말은 완전히 미친 소리 같았다. 분홍이 말하는 '대화'와 내가 말하는 '대화'가 엄청나게 다른 의미를 담고 있다는 생각이 들기 시작했다. 분홍에게 대화는 몸의 모든 부분이 포함되는 복잡한 상호 교환을 의미했다. 분홍은 거짓말 탐지기처럼 내 몸의 모든 근육의 움직임에서 단어나 감정을 읽을 수 있었다. 분홍에게 소리는 소통에서 별로 중요한 부분이 아니었다. 소리는 외부인에게 말할 때나 사용했다. 분홍은 자신의 존재 전체로 대화했다.

당시 나는 채 절반도 알지 못했지만, 이 사람들에 대한 생각을 완전히 바꾸기에는 충분했다. 이들은 자기 몸으로 이야기했다. 내가 짐작했듯 양손의 수화만 하는 게 아니었다. 다른 사람과 몸의 어떤 부위라도 접촉하면 소통이 됐다. 때로는 매우 단순하고 기본적인 종류의 대화였는데(미디어 학자 마셜 맥루한이 전구를 기본적인 정보 매체로 언급했었다는 사실을 떠올려보라), "나 여기 있어." 정도의 의미일 수도 있다. 하지만 대화는 대화다. 만약 대화가 다른 사람과 성기로 이야기해야 할 정도로 발전하더라도, 그것 역시 대화의 일부분이다. 내가 알고 싶은 것은 그들이 말하고 있는 내용이었다. 나는 어렴풋하게 실감하는 순간에도, 그 대화가 내가 이해할 수 있는 수준을 넘는다는 사실을 알아챘다. 여러분도 당연하다고 했을 것이다. 사랑을 나눌 때 연인에게 몸으로 했던 대화를 알고 있으니까. 이게 그렇게 새로운 생각은 아니었다. 당연히 아니다. 하지만 당신이 본래 촉각에 익숙한 사람이 아닌데도 그 몸의 대화가 얼마나 놀라웠었는지를 떠올려보라. 무슨 말인지 이해되는가? 그게 이해되지 않는다면, 일몰을 상상하는 지렁이처럼 불행한 운명이라고 할 수 있을 것이다.

이런 일이 내게 일어나고 있는 동안, 한 여자가 내 몸과 교제를 시작했다. 여자가 두 손을 내게 올렸다가 무릎을 짚었을 때, 내가 사정을 하는 게 느껴졌다. 나는 매우 놀랐지만, 다른 사람들은 아무도 놀라지 않았다. 나는 그 전 몇 분 동안 주변의 모든 사람에게 손으로 느낄 수 있는 신호를 통해 내 몸에서 무슨 일이 일어나고 있는지 말하고 있었던 것이다. 그 직후 손들이 내 온몸을 덮었다. 그들이 다정한 생각을 내게 말해주고 있다고 어렴풋이 이해할 수 있었다. 입말은 아니었지만, 어쨌든 무엇을 말하려는지 알 수 있었다. 나는 순간적으로 몹시 부끄러웠지만, 사람들이 쉽게 받아들이는 모습을 보고는 부끄러움이 가라앉았다. 매우 강렬한 경험이었다. 한동안 나는 숨을 제대로 쉴 수 없었다.

나를 사정하게 했던 여자가 손가락으로 내 입술을 건드렸다. 여자는 손을 천천히 움직였지만, 분명히 의미가 있는 접촉이었다. 곧 여자는 사람들 속으로 사라졌다.

"그녀가 뭐라고 한 건가요?" 분홍에게 물었다.

분홍이 내게 미소를 지었다. "입말에서 벗어나면 당신도 당연히 알아들을 수 있을 거예요. 그녀의 말은 대체로 '참 잘했어요.'라는 뜻이에요. 이 말은 또한 '나도 참 잘했어요.'라는 뜻이기도 해요. 그리고 여기에서 '나'는 우리 모두를 의미해요. 유기적 공동체 말이에요."

나는 여기에 머무르며 말하는 방법을 배워야 할 것 같았다.

공동체에 좋은 시기와 나쁜 시기가 있었다. 그들도 대체로 그런 부침을 예상했었지만 그게 어떤 형태가 될지는 알지 못했다.

겨울에 과일나무가 많이 죽었다. 그들은 죽은 나무 대신 잡종 묘목을 심었다. 클로버가 자리 잡을 시간이 부족했기 때문에, 비료와 흙이 폭풍우에 많이 쓸려갔다. 소송으로 그들이 계획했던 일정이 어긋나는 바람에, 1년 이상 일을 제대로 처리할 수 없었다.

물고기도 모두 죽었다. 그들은 죽은 물고기를 비료로 이용하고, 잘못된 원인이 무엇인지 조사했다. 그들은 70년대 유기적 농업과 양식업을 주창했던 '신 연금술 연구소'가 개발한 3단계 생태학을 응용했다. 돔을 씌운 연못을 세 개 만들었다. 하나에는 물고기를 넣고, 두 번째 연못은 두 개로 나눠 한쪽에 분쇄한 조개껍데기와 박테리아를 넣고, 다른 쪽에 해조류를 넣었다. 마지막 세 번째 연못에는 물벼룩을 가득 넣었다. 물고기의 배설물이 담긴 첫 번째 연못의 물을 펌프를 통해 조개껍데기와 박테리아가 있는 두 번째 연못을 통과시켰다. 여기에서 독소를 제거하고, 물에 함유된 암모니아는 두 번째 연못의 해조류에 비료로 사용됐다. 해조류가 자란 물은 세 번째 연못에 펌프로 옮겨 물벼룩을 길렀다. 그리고 물벼룩과 해조류는 물고기가 담긴 첫 번째 연못으로 옮겨 먹이로 사용했으며, 영양이 풍부한 물은 모든 돔 안에 있는 온실 식물의 비료로 사용했다.

그들은 물과 땅을 검사한 후 조개껍데기의 불순물에서 화학물질이 침출되어 먹이사슬을 따라 농축되고 있다는 사실을 파악했다. 호수를 완전히 대청소한 후 다시 시작했고, 모두 잘 운영되었다. 하지만 팔아서 자금을 마련하려던 첫 수확물을 잃었다.

그러나 공동체는 굶주리지 않았고, 추위에 떨지도 않았다. 그 지역은 햇볕이 1년 내내 풍부해서 펌프를 작동시키고 먹이사슬을 돌리고 거주 구역을 난방할 수 있었다. 그들은 공기 대류를 이용한 가열과 냉각 능력을 염두에 두고 지하에 반쯤 묻힌 건물을 지었다. 하지만 모아둔 자본금을 일부 사용할 수밖에 없었다. 첫해는 적자였다.

첫 겨울, 한 건물에 화재가 발생했다. 스프링클러 시스템이 제대로 작동하지 않아서 두 남자와 어린 소녀가 희생됐다. 그들에게 충격적인 사건이었다. 그들은 물건들이 광고대로 작동할 거라 생각했었다. 그들 중에는 건축업이나 현실과 다른 견적에 대해 아는 사람이 없었다. 그들은 설비 중 일부가 설계 명세서와 다르다는 사실을 알게 되었다. 그래서 정기적으로 모든 설비를 점검하는 계획표를 만들었다. 농장의 모든 장비를 분해하고 수리하는 방법을 배웠다. 전자장치가 포함된 장비가 너무 복잡해서 처리하기 힘들 때는 완전히 분해해서 훨씬 간단한 장비로 만들었다.

사회적인 측면에서 그들의 발전은 훨씬 고무적이었다. 재닛은 현명하게도 그들이 만든 공동체에 가장 엄격한 원칙 두 가지를 정했다. 첫째, 재닛은 회장이나 의장, 추장 혹은 최고 사령관 같은 게 되지 않겠다고 거절했다. 재닛은 처음에 계획을 완수

하고, 토지를 구입하고, 다른 형태의 삶을 만들려는 자신들의 모호한 욕망을 목적의식으로 키워나가려면 추진력 있는 사람이 필요하다고 판단했었다. 그러나 일단 약속한 땅에 도착하자, 즉시 그 지위를 놓았다. 그때부터 그들은 민주적인 공동체로 운영되었다. 그 방법이 실패하면 새로운 운영 방식을 도입할 것이다. 재닛은 자신을 지휘자로 하는 독재 체제만 아니면 뭐든 상관없었다. 재닛은 그런 체제에는 참여할 생각이 없었다.

두 번째 원칙은 어떤 제도도 받아들이지 않는 것이었다. 지금껏 독립해서 혼자 힘으로 운영되는 시청각장애인 공동체는 존재한 적이 없었다. 그들은 만족스러운 생활을 누릴 것으로 기대하지 않았으며, 눈이 보이는 사람들처럼 살 필요도 없었다. 그들은 자신들뿐이었다. 그들에게는 이전에 해본 적이 없던 일이므로 해서는 안 된다고 말할 사람도 없었다.

하지만 다른 사람들이 아니라, 그들 스스로도 공동체를 어떻게 만들어야 할 것인지 명확한 계획을 갖지 않은 상태였다. 그때까지 자신들의 요구와 무관하게 남들이 억지로 집어넣은 틀에 맞춰서 살아왔기 때문에, 그 틀을 넘는 세상은 알지 못했다. 타당한 행동양식과 시청각장애인이 실천할 수 있는 윤리 규범을 찾아야 했다. 그들은 윤리의 기본 원칙을 이해했다. 언제나 옳은 윤리는 없으며, 적절한 상황에서는 어떤 것이라도 윤리가 될 수 있다. 모든 윤리는 사회적 환경과 관련되어 있다. 그들은 기존의 모범을 따르지 않고 백지상태에서 출발했다.

두 번째 해가 저물어갈 무렵, 이들은 자신들만의 사회적 환경을 수립했다. 그 사회적 환경은 계속 수정했지만, 기본적인 형태는 유지했다. 그들은 자기 자신에 대해 잘 알았고, 자신이 어떤 사람인지 이해했다. 특수학교에서 지낼 때는 그러지 못했었다. 그들은 이제 자신의 언어로 스스로를 정의하게 되었다.

나는 켈러 공동체에서의 첫날을 학교에서 보냈

다. 당연하고 필요한 단계였다. 나는 손말을 배워야 했다. 분홍은 친절하고 참을성이 매우 많았다. 나는 기본적인 알파벳을 배워서 열심히 연습했다. 오후가 되자 분홍은 입으로 말하는 것을 거부하고, 손으로만 말하라고 요구했다. 분홍은 내가 강하게 요구할 때만 입말로 하다가, 결국에는 전혀 하지 않았다. 사흘이 지난 후 나도 입말을 거의 하지 않게 되었다.

내 손말이 갑자기 유창해졌다는 뜻은 아니다. 전혀 그렇지 않았다. 첫날이 저물어갈 무렵에는 알파벳을 배웠어도 손말을 이해하려면 노력이 필요했다. 내 손바닥에 써주는 단어들을 그다지 잘 읽지 못했다. 한동안 나는 손에 무엇을 쓰는지 쳐다봐야만 했다. 하지만 다른 언어와 마찬가지로, 이윽고 그 언어로 생각할 수 있게 되었다. 나는 프랑스어를 유창하게 말할 수 있는데, 마침내 말하기 전에 생각을 머릿속으로 번역하지 않아도 되는 지점에 도달했을 때 놀랐던 기억이 있다. 켈러 공동체에서는 약 2주 후에 그 수준에 도달했다.

내가 입말로 분홍에게 마지막으로 물어봤던 질문이 기억난다. 내가 걱정하던 문제였다.

"분홍, 내가 여기에서 환영받고 있나요?"

"여기에 온 지 사흘이 지났잖아요. 거부하는 느낌을 받은 적이 있나요?"

"아뇨, 그런 느낌은 없었어요. 외부인에 대한 여러분의 정책이 뭔지 궁금해서요. 여기에서 거부를 받지 않고 얼마나 오래 머무를 수 있나요?"

분홍이 이마를 찡그렸다. 처음 들어본 질문인 게 분명했다.

"글쎄요, 사실대로 말하자면, 우리 중 과반이 당신에게 나가달라고 할 때까지는 여기에 지낼 수 있어요. 하지만 그런 일은 한 번도 일어난 적이 없어요. 여기에서 며칠 이상 머문 사람이 없었거든요. 그래서 우리는 시청각장애인이 아닌 누군가가 우리 공동체에 참가하고 싶어 할 때 어떻게 할지에 대한 정책을 만들 필요가 없었어요. 지금까지는 아무도 없었지만, 그런 일이 일어날 수도 있을 것 같네요. 내 짐작으로는 그들이 받아들이지 않을 것 같아요. 당신이 알아채지 못할 수도 있지만, 그들은 매우 독립적이고 자신들의 자유를 소중하게 여기거든요. 아마 당신은 공동체의 일원이 될 수 없을 거예요. 하지만 당신이 기꺼이 스스로를 손님이라고 생각한다면, 20년도 족히 머무를 수도 있을걸요."

"당신이 방금 '그들'이라고 했어요. 당신은 자신이 이 공동체에 속하지 않는다고 생각하나요?"

처음으로 분홍이 약간 불편한 표정을 지었다. 당시 내가 몸말을 더 잘 읽을 수 있으면 좋았을 것이다. 그랬다면 분홍이 무슨 생각을 하는지 내 양손이 훨씬 많이 알아차렸을 것이다.

"당연히 아이들은 공동체의 일원이에요. 우리는 켈러 공동체를 좋아해요. 바깥 세계에 대해 내가 아는 게 맞는다면, 여기를 떠나 다른 곳으로 가고 싶지 않아요."

"당신을 비난하려고 꺼낸 말이 아니에요." 더 할 말이 남아 있었다. 하지만 나는 제대로 된 질문을 던질 정도로 충분히 알지 못했다. "하지만 부모님들이 아무도 보지 못하는데, 볼 수 있는 존재라는 것 때문에 문제가 된 적은 없었나요? 혹시, 그들이 어떤 이유든… 당신에게 화를 내지는 않나요?"

이번에는 분홍이 웃음을 터뜨렸다. "오, 아니요. 그런 일은 전혀 없었어요. 그들은 그런 짓을 하기에는 독립심이 너무 강해요. 당신도 봤잖아요. 그들은 스스로 할 수 없는 어떤 것도 우리에게 요구하지 않아요. 우리는 가족의 일원이에요. 우리는 그들과 정확히 똑같이 행동해요. 그리고 그건 정말로 중요하지 않아요. 시각 말이에요. 청각도 마찬가지고요. 주변을 둘러보세요. 제가 어디에 가고 있는지 볼 수 있다고 해서 저한테 특별한 이점이 있던가요?"

나는 분홍에게 어떤 이점도 없었다고 인정할 수밖에 없었다. 그렇지만 여전히 분홍이 내게 말하지 않은 뭔가가 있다는 느낌이 들었다.

"당신이 여기에 머무르는 문제를 고민하면서 무엇을 걱정하는지 알아요." 분홍은 나를 본래의 문제로 다시 끌고 갔다. 나는 떠돌아다니는 방랑

자였다.

"그게 뭔데요?"

"이 공동체의 일상생활에 참여하고 있다는 느낌을 받지 못하는 거죠. 당신이 해야 할 일을 안하고 있으니까요. 당신은 너무 양심적인 사람이기 때문에, 자기 몫을 하고 싶어 해요. 나는 알 수 있어요."

언제나 그렇듯, 분홍은 나를 제대로 읽었다. 그래서 나도 분홍의 말이 맞는다고 인정했다.

"하지만 당신이 모든 사람과 말할 수 있을 때까지는 일을 맡을 수 없을 거예요. 자, 다시 수업으로 돌아가죠. 당신의 손가락은 아직도 너무 엉성해요."

해야 할 게 많았다. 나는 느긋한 자세를 먼저 배워야 했다. 그들은 천천히 질서정연하게 일하는 노동자들이었고, 실수를 거의 하지 않았으며, 잘해내기만 한다면 하루가 걸리더라도 상관하지 않았다. 청소나 사과 따기, 정원에서 잡초 뽑기처럼

나 혼자 일할 때는 걱정할 필요가 없었다. 하지만 다른 사람과 함께 일을 해야 할 때는 완전히 새로운 속도에 맞추는 법을 배워야 했다. 눈으로 볼 수 있는 사람들은 몇 차례 빨리 훑어보는 것만으로 한 번에 작업의 여러 측면을 이해할 수 있다. 시각장애인은 작업이 펼쳐져 있으면 작업의 각 측면을 차례차례 습득해야 한다. 모든 것들을 만져서 확인해야 하기 때문이다. 하지만 고정된 작업대에서 진행하는 작업은 그들이 훨씬 빠를 수도 있다. 그럴 때면 나는 손가락이 아니라 발가락으로 일하고 있는 듯한 기분이 들었다.

나는 시각이나 청각적 능력 덕분에 뭐든 더 빨리 해낼 수 있을 거라고는 말하지 않았다. 그랬다면 이들은 아주 당연히 내게 자기 일이나 신경 쓰라고 했을 것이다. 눈이 보이는 사람들의 도움을 받는 것은 종속으로 가는 첫걸음이었다. 그리고 결국 내가 떠나고 나면, 이들에겐 해내야 할 일이 똑같이 남게 된다.

그런 상황 때문에 나는 다시 아이들에 대해 생

각하게 되었다. 부모와 아이들 사이에 무의식적인 수준에서 아래에 흐르는 분노 같은 게 있을 거라는 확신이 들기 시작했다. 그들이 서로를 대단히 사랑한다는 사실은 분명하지만, 아이들이 자신의 재능을 거부당할 때 어떻게 분개하지 않을 수 있겠는가? 어쨌든, 나는 그렇게 추론했다.

나는 켈러 공동체의 일상생활에 빠르게 적응했다. 나는 다른 사람보다 더 좋거나 나쁘게 취급당하지 않았다. 그런 상황이 만족스러웠다. 내가 바란다고 해도 결코 공동체의 일원이 될 수는 없을 테지만, 내가 구성원이 아니라는 징후는 전혀 없었다. 그들이 손님을 대하는 방법이 그랬다. 그들은 손님을 공동체의 일원으로 대했다.

그곳에서의 삶은 도시에서와는 전혀 다른 방식으로 만족스러웠다. 이런 목가적인 평화로움이 켈러 공동체에서만 맛볼 수 있는 것은 아니지만, 이곳의 사람들은 아낌없는 지원 속에서 목가적인 평화로움을 느끼게 해주었다. 맨발로 디딘 흙은 도시의 공원에서는 결코 느껴보지 못한 특별한 느낌을 주었다.

일상생활은 바쁘고 만족스러웠다. 닭과 돼지를 먹이고, 벌과 양을 돌보고, 물고기를 잡고, 암소의 젖을 짰다. 남자, 여자, 아이들까지 모든 사람이 일했다. 눈에 띄는 노력 없이 모든 게 잘 어울리는 것처럼 보였다. 무언가 해야 할 때, 모든 사람이 무엇을 할지 알고 있는 것처럼 보였다. 기름칠이 잘 된 기계처럼 생각할 수도 있겠지만, 나는 그 비유를 좋아하지 않는다. 특히 사람에게 그 비유를 사용하는 것을 싫어한다. 나는 켈러 공동체를 하나의 유기체처럼 생각했다. 모든 사회집단이 유기체처럼 움직이지만, 이 공동체는 특히 잘 작동했다. 내가 방문해봤던 다른 공동체는 대체로 눈에 띄는 결점이 있었다. 모두가 약에 너무 취해 있거나, 귀찮은 일을 싫어하거나, 애초에 해야 할 필요성을 인식하지 못하기 때문에, 일이 제대로 처리되지 않았다. 그런 종류의 무지 때문에, 발진티푸스가 발생하고, 토양이 부식되고, 사람들이 얼어 죽고, 사회복지사가 들이닥쳐 자녀들을 빼앗아갔다. 나는 그런 일들이 일어나는 상황을 본 적이 있었다.

여기는 그렇지 않았다. 그들은 장밋빛 환상에 빠져 있는 다른 이상주의자들과 달리 세상을 정확히 보았다. 그들은 해야 할 일을 하고 있었다.

켈러 공동체가 어떻게 작동하는지를 볼트와 너트까지 자세하게 모두 설명할 수는 없다(또 기계적인 비유를 사용해버렸다). 나는 물고기 순환 연못 시스템만으로도 압도당했다. 한번은 온실에서 거미 한 마리를 죽였는데, 곧 특정한 식물의 해충을 먹어 치울 목적으로 풀어놓았다는 사실을 알게 되었다. 개구리도 마찬가지였다. 물속에도 다른 곤충을 죽이기 위해 풀어놓은 곤충이 있었다. 이윽고 나는 사전에 허락받지 않으면 하루살이 한 마리를 잡는 것조차 두려워하는 신세가 되어버렸다.

시간이 흘러가면서 나는 켈러 공동체의 역사를 조금 알게 되었다. 그들의 역사에는 놀라울 정도로 적기는 해도 실수들이 있었다. 그중 하나는 방어 문제였다. 눈에 띄지 않는 구석의 벽지까지 뻗어

나온 잔인함과 무작위적인 폭력에 대해 잘 알지 못한 탓에 처음에는 방어를 위한 대비를 전혀 하지 않았다. 여기에서는 총이 논리적이고 우선해서 선택할 수 있는 무기였지만, 그들의 능력으로는 사용할 수 없었다.

어느 밤, 술에 만취한 남자들이 차 한 대를 타고 나타났다. 남자들은 도시에서 이 공동체에 대해 들었다. 그들은 이틀 동안 머물며 전화선을 자르고 많은 여자를 강간했다.

침략자들이 물러간 뒤 그들은 할 수 있는 모든 선택지에 대해 논의했다. 그리고 생물을 들이기로 결론지었다. 그들은 셰퍼드 다섯 마리를 구입했다. '공격용 개'라는 표지판 아래 팔리는 미친개들이 아니라, 앨버커키 경찰이 추천하는 회사에서 특별히 훈련받은 개들이었다. 개들은 안내견과 경찰견이 모두 가능하도록 훈련받았다. 외부인이 명백하게 공격성을 보이기 전까지는 아무런 해를 끼치지 않았다. 하지만 외부인이 공격성을 드러내면, 개들은 무장을 해제시키는 정도가 아니라 곧바로 목을 공격하도록 훈련받았다.

그들이 만든 대부분의 해결책처럼 이 방법도 잘 작동했다. 두 번째 침입을 받았을 때, 두 명이 사망하고 세 명이 심하게 부상했는데, 모두 외부에서 침입한 사람들이었다. 그들은 조직된 공격이 있을 때를 대비해서, 전역한 해병을 고용해 근접전의 기본을 배웠다. 이들은 천진난만한 히피족이 결코 아니었다.

하루에 세 번 훌륭한 음식이 제공되었다. 휴식 시간도 있었다. 온종일 일만 하지는 않았다. 주로 해가 질 무렵 성대한 만찬을 시작하기 전에 친구와 함께 나무 아래 풀밭에 앉아 시간을 보냈다. 때때로 특별한 보물을 나누기 위해 잠시 일을 멈추는 사람도 있었다. 한 여자가(나는 그녀를 '키가 큰 녹색 눈동자의 여성'이라고 부를 수밖에 없다) 내 손을 잡고 헛간 아래 좁고 시원한, 버섯을 기르고 있는 곳으로 데려간 적이 있었다. 우리는 버섯밭에 얼굴이 파묻힐 때까지 꿈틀거리며 기어갔다. 그리고 몇 송이를 떼어내 냄새를 맡았다. 여자가 내게 냄새

맡는 방법을 보여줬다. 몇 주 전이었다면 나는 우리가 버섯의 아름다움을 망가트렸다고 생각했겠지만, 그래봤자 시각적인 부분만 망가진 거였다. 나는 당시 이미 시각의 역할을 낮춰보기 시작한 상태였다. 시각적인 부분은 사물의 본질에서 너무나 멀었다. 여자는 버섯의 겉모습을 망가트린 후에도 만지고 냄새를 맡기에는 여전히 아름답다는 사실을 내게 보여줬다. 그 후 여자는 앞치마에 버섯 한 아름을 담아 부엌으로 가져갔다.

그날 저녁 식사에 나온 버섯은 훨씬 더 맛있었다.

그리고 한 남자가(나는 그를 '대머리'라고 부른다) 여자 한 명과 함께 목공장에서 대패로 깎은 널빤지를 내게 가지고 온 적이 있다. 나는 손으로 매끄러움을 느끼고 냄새를 맡은 뒤 널빤지가 상당히 훌륭하다는 그의 생각에 동의했다.

그리고 저녁 식사를 마친 후 '모둠'에 갔다.

켈러에 머무른 세 번째 주에 공동체 내에서 나의 위치를 인식할 수 있었다. 과연 내가 이 공동체에 의미가 있는지를 알아보는 첫 번째 진짜 시험이었다. 내가 그들에게 특별한 의미가 있는가. 나는 그들을 친구로 보고 싶었다. 그래서 내가 그저 떠돌아다니다 여기에 온 사람으로 취급받는다는 생각이 들면 약간 속상할 것 같았지만, 이것은 유치하고 그들에게 부당한 생각이었다. 그래서 나는 나중에까지 불만이 전혀 없었다.

나는 묘목이 심어진 목초지에 양동이로 물을 나르고 있었다. 그런 용도로 사용하는 호스가 있었지만, 다른 사람이 마을 건너편에서 사용 중이었다. 묘목은 자동 스프링클러의 범위 밖에 있었기 때문에 죽어가고 있었다. 나는 다른 해결책이 발견될 때까지 나무에 물을 날랐다.

시간은 정오쯤이었고 더웠다. 나는 대장간에서 가까운 수도꼭지에서 물을 받았다. 양동이를 내 뒤의 땅바닥에 내려놓고, 수도꼭지에서 흘러내리는 물에 머리를 집어넣었다. 나는 앞에 단추가 없는 면 셔츠를 입고 있었다. 물이 머리카락을 타고 흘러 셔츠를 적시는 느낌이 좋았다. 족히 1분 동안 그대로 있었다.

뒤에서 쿵 소리가 나서, 나는 너무 빨리 고개를 들다가 위에 틀어져 있던 수도꼭지에 머리를 부딪혔다. 고개를 돌리자 흙바닥에 얼굴을 박고 엎어진 여자가 눈에 들어왔다. 여자가 몸을 천천히 돌리더니 무릎을 붙잡았다. 내가 부주의하게 콘크리트 인도 위에 놔둔 양동이에 여자가 걸려 넘어졌다는 사실을 깨닫고는 가슴이 철렁했다. 어떤 장애물도 없을 거라 믿으며 느긋하게 걷다가 갑자기 땅바닥에 넘어지면 어떤 기분일지 생각해보라. 켈러 공동체의 체계는 오직 신뢰로 굴러간다. 그래서 신뢰가 전부인 곳이었다. 모든 사람이 언제나 신뢰할 수 있어야 했다. 그 신뢰 속으로 나를 받아줬는데, 내가 신뢰를 날려버렸다. 토할 것 같았다.

여자의 왼쪽 무릎에 생긴 깊은 생채기에서 피가 배어 나왔다. 여자는 땅바닥에 앉아 양손으로 상처를 만지더니 울부짖었다. 기괴하고 고통스러운 울음소리였다. 두 눈에서 눈물이 흐르고, 두 주먹으로 땅을 쳤다. 한 번 칠 때마다 울부짖는 소리를 냈다. "훈느ㅎ, 훈느ㅎ, 훈느ㅎ!" 여자는 화를 내고 있었다. 여자에겐 당연히 그럴 권리가 있었다.

여자가 양동이를 발견했고, 나는 주저하며 여자에게 손을 내밀었다. 여자가 내 손을 붙잡더니, 팔을 따라서 얼굴까지 올라왔다. 내 얼굴을 더듬으며 내내 울었다. 그리고 코를 닦고 자리에서 일어섰다. 여자가 한 건물을 향해 걸어가기 시작했다. 여자는 다리를 살짝 절었다.

나는 자리에 주저앉았다. 괴로웠다. 어떻게 해야 할지 몰랐다.

한 남자가 건물에서 나오더니 내게 다가왔다. '거인'이었다. 나는 그가 켈러 공동체에서 가장 큰 사람이었기 때문에 그렇게 불렀다. 그는 경찰 같은 사람이 아니었다. 나중에 알게 된 사실이지만, 그는 그저 부상한 여자가 가장 먼저 만난 사람이었을 뿐이었다. 거인이 내 손을 잡더니 내 얼굴을 만졌다. 거인은 내 얼굴에서 감정을 느끼고 눈물을 흘리기 시작했다. 그가 내게 자신과 함께 안으로 들어가자고 청했다.

즉석 위원단이 소집되었다. 이들은 배심원이었다. 배심원은 몇몇 아이들을 포함해 근처에 있었던 사람들로 구성되었다. 열 명에서 열두 명 정도 되었다. 모두가 슬픈 얼굴이었다. 내가 다치게 한 여자도 그곳에 있었는데, 서너 명에게 위로받고 있었다. 여자는 팔의 윗부분에 눈에 띄는 흉터가 있었으므로, 나는 이제부터 여자를 '흉터'라고 부를 것이다.

모두가 내게 얼마나 유감스러운 일이지 계속 말했다. 당연히 손말이었다. 그들은 내가 느끼는 괴로움을 조금이라도 덜어주기 위해 쓰다듬고 어루만졌다.

분홍이 뛰어 들어왔다. 분홍은 필요할 경우 통역자로서 역할을 하기 위해 불려왔다. 이는 공식적인 과정이었으므로, 그들로서는 내가 현재 일어나고 있는 모든 일을 제대로 이해하고 있는지 확실히 할 필요가 있었다. 분홍은 흉터에게 가서 잠시 함께 울더니, 내게로 와서 꼭 껴안으며 이런 일이 일어나 너무 유감이라고 손으로 말했다. 나는 이미 마음속으로 짐을 싸고 있었다. 이제 켈러 공동체에서 공식적으로 추방당하는 것 외에는 아무것도 남아 있지 않은 것 같았다.

우리는 모두 함께 바닥에 앉았다. 그리고 가까이 붙어 온몸을 만졌다. 청문회가 시작되었다.

대부분의 증언은 손말로 진행되었으며, 분홍이 가끔 몇 마디씩 던졌다. 나는 누가 무슨 말을 하는지 거의 몰랐지만, 차라리 그게 나았다. 공동체가 하나가 되어 말을 하고 있었다. 모두가 동의하는 의견이 된 후에 내게 전달되었다.

"당신은 규칙을 위반하고 (―)(내가 흉터라고 부르는 여자)에게 부상을 입혔으므로 고발되었습니다." 공동체가 말했다. "이의 있습니까? 우리가 알아야 할 다른 사실이 있습니까?"

"없습니다." 내가 그들에게 말했다. "제 책임입니다. 저의 부주의 때문에 일어난 일입니다."

"이해합니다. 우리는 당신의 반성에 공감합니다. 당신이 반성한다는 사실은 우리 모두 분명하게 알고 있습니다. 하지만 부주의는 규칙 위반입니다.

이해되십니까? 이것은 당신이 (―)한 범죄입니다."
(―)는 일련의 약어였다.

"저게 무슨 뜻인가요?" 내가 분홍에게 물었다.

"어… '우리에게 소환되었다' 혹은 '재판받았다'?"
분홍이 어깨를 으쓱했다. 어느 쪽의 통역도 만족스
럽지 않은 모양이었다.

"그렇군요. 이해했어요."

"사실관계는 의문의 여지가 없으므로, 우리는 당
신이 유죄라고 결론 내렸습니다."("'책임을 져야 한
다'는 뜻이에요." 분홍이 내 귀에 속삭였다.)"우리가
판결을 내릴 때까지 잠시 물러나주시기 바랍니다."

나는 그들이 맞잡은 손을 통해 논쟁이 오가는 동
안 그들을 보고 싶지 않았기 때문에 자리에서 일어
나 벽으로 가서 섰다. 목구멍에 불덩어리가 걸려 내
려가지 않았다. 얼마 후 다시 모임에 합류하라고 요
구받았다.

"당신의 범죄에 대한 처벌은 관례에 따라 결정되
었습니다. 관례가 없었다면, 우리는 다르게 결정을
내리고 싶었을 것입니다. 이제 당신은 지정된 처벌

을 받고 범죄를 씻어내거나, 우리의 판결을 거부하고 우리 땅에서 나가는 것 중에서 선택할 수 있습니다. 어떤 선택을 하겠습니까?"

나는 분홍에게 이 말을 반복해주도록 부탁했다. 내게 제공된 선택지가 무엇인지 아는 게 너무도 중요했기 때문이었다. 내가 제대로 읽었다는 확신이 들자, 망설이지 않고 그들의 처벌을 받아들였다. 나는 그들이 선택할 수 있도록 해줘서 매우 감사하게 생각했다.

"아주 좋습니다. 우리는 공동체의 일원이 같은 잘못했을 때 처벌할 때와 똑같이 당신을 처벌하기로 결정했습니다. 우리 쪽으로 오세요."

모든 사람이 가깝게 모였다. 나는 무슨 일이 진행되는지 알지 못했다. 그 안으로 들어가자 사방에서 나를 부드럽게 슬쩍슬쩍 밀었다.

'흉터'는 무리의 가운데 부분 근처에 책상다리로 앉아 있었다. 흉터가 다시 울었다. 그래서 나도 울었던 것 같다. 기억이 잘 나지 않는다. 내가 흉터의 다리 위로 얼굴을 파묻었다. 흉터가 내 엉덩이를 때렸다.

나는 그게 부적절하거나 이상하다고 생각하지 않았다. 그 상황에서는 자연스러운 흐름이었다. 모든 사람이 나를 붙잡고 어루만지며, 내 손바닥과 다리, 목, 뺨에 자신감을 주는 말을 했다. 우리는 모두 울었다. 이것은 공동체 전체가 직면해야 하는 힘든 일이었다. 다른 사람들이 새로 도착하고 우리에게 합류했다. 나는 모든 사람이 이 처벌을 진행했지만, 오직 피해자인 흉터만 실제로 내 엉덩이를 때렸다는 사실을 알아차렸다. 나는 무릎을 다치게 했던 것 이상으로 흉터에게 잘못을 저지르고 말았다. 흉터에게 나를 징계하는 의무를 지도록 했다. 흉터는 다리에 난 상처의 통증이 아니라, 나를 아프게 해야 한다는 사실이 고통스러워 그렇게 큰 소리로 흐느껴 울었던 것이다.

나중에 분홍에게 들은 이야기에 따르면, 흉터가 내게 켈러에 머무를 수 있는 선택지를 주자고 가장 강력하게 주장했다고 한다. 어떤 이들은 나를 즉시 추방하길 원했지만, 흉터는 나와 함께 고된 체험을 겪을 가치가 있을 만큼 나를 좋은 사람이라고 생각한다며 칭찬을 아끼지 않았다. 여러분이 그런 상황을 이해하지 못한다면, 이 사람들 사이에서 내가 느끼는 공동체의 감정도 느끼지 못할 것이다.

처벌은 긴 시간 동안 진행되었다. 매우 고통스러웠지만, 잔인하지는 않았다. 이 처벌의 근본적인 목적은 굴욕감을 주려는 게 아니었다. 물론 약간의 굴욕감이 느껴지긴 했다. 그러나 이 처벌은 본질적으로 가장 직접적인 표현으로 실질적인 가르침을 주는 것이었다. 그들도 처음에는 몇 달 동안 이런 실수를 해서 처벌을 받았지만, 최근에는 그런 적이 없다고 했다. 여러분도 그런 과정을 통해 배울 수 있다. 내 말을 믿어라.

그 후 나는 이 문제에 대해 여러 번 생각했다. 그들이 이런 처벌 외에 다른 무엇을 할 수 있을까 생각해봤다. 성인의 엉덩이를 때리는 형벌은 정말 들어본 적도 없었지만, 그 일이 일어난 후 한참이 지날 때까지 내게는 그런 생각이 떠오르지 않았었다. 처벌이 진행되고 있을 때도 너무도 자연스러웠기 때문에, 내가 이상한 상황에 놓였다는 생각이 전혀 떠오르지 않았었다.

그들은 아이들에게도 이와 비슷한 처벌을 했지만, 지속 시간과 강도가 달랐다. 어린아이들은 책임이 더 가볍기 때문이다. 어른들은 아이들이 배우는 동안, 때때로 멍이 들거나 무릎이 까이는 것을 기꺼이 참았다.

그러나 아이가 자라나 그들이 생각하기에 성인이 되면(공동체의 어른 중 과반이 성인이 되었다고 판단하거나, 스스로 어른의 특권을 주장하면) 엉덩이 때리기 처벌을 정말로 진지하게 진행했다.

규칙 위반을 반복하거나 고의로 저질렀을 때는 더욱 가혹하게 처벌했다. 그들은 가혹한 처벌을 자주 시행할 필요가 없었다. 그 처벌에는 대화를 중단하는 것도 포함됐다. 특정한 기간 아무도 그 사람을 만지지 않는 것이다. 내가 그 말을 들었을 때는 매우 가혹한 처벌처럼 들렸다. 따로 더 설명을 들을 필요가 없었다.

어떻게 설명해야 할지 모르겠지만, 엉덩이 때리

기는 내가 폭력을 당하고 있다는 느낌이 들지 않도록 매우 애정이 깃든 방식으로 집행되었다. '이 처벌은 당신을 아프게 하는 만큼 나를 아프게 한다. 나는 당신을 위해 이 처벌을 하고 있다. 나는 당신을 사랑하기 때문에 당신의 엉덩이를 때리고 있다.' 그들은 행동으로 그 낡고 진부한 말을 내게 이해시켰다.

체벌이 모두 끝났을 때, 우리는 모두 함께 울었다. 하지만 이는 곧 행복으로 바뀌었다. 나는 흉터를 껴안았다. 그리고 우리는 서로에게 이런 일이 일어나게 해서 얼마나 미안한지 이야기했다. 우리는 서로에게 말하고(당신이 원한다면 사랑을 나눴다고 해도 좋다) 나는 흉터의 무릎에 입을 맞췄다. 그리고 흉터가 옷을 입는 것을 도와주었다.

우리는 그날 남은 시간을 함께 보내며 고통을 가라앉혔다.

손말이 점점 유창해질수록 눈을 덮고 있던 비늘이 벗겨지는 것 같았다. 매일 나는 그전까지 이해하지 못했던 새로운 의미의 층위를 발견했다. 이는 마치 양파의 껍질을 벗기면 그 아래에 새로운 껍질을 발견하는 것과 비슷했다. 내가 핵심에 도달했다고 생각할 때마다 그때까지 보지 못했던 다른 층위가 있다는 사실을 알게 되었다.

나는 손말이 그들과 소통하기 위한 열쇠라고 생각했었다. 그렇지 않았다. 손말은 아기들이 하는 말이었다. 오랫동안 나는 옹알이조차 제대로 하지 못하는 아기였다. 손말을 배운 후에 구문과 접속사, 품사가 있고, 명사, 동사, 시제, 수·격·인칭·성의 일치, 가정법이 있다는 사실을 알았을 때 내가 얼마나 놀랐을지 상상해보라. 그때까지 나는 태평양의 가장자리 바위틈에 있는 작은 웅덩이에서 아장아장 걸어 다니고 있었던 것이다.

나는 국제 수화 알파벳을 손말로 배웠다. 누구든 몇 시간이나 며칠이면 알파벳을 배울 수 있다. 하지만 다른 사람과 입말로 대화할 때, 각 단어의 철자를 하나씩 말하는가? 이 글을 읽을 때도 철자를 따로따로 떼어서 하나씩 읽는가? 아니, 당신은 단어를 의미의 집합체로 파악하고, 소리의 집합을 듣고, 글자의 집합을 본다.

켈러 공동체의 모든 사람은 언어를 무척 탐닉했다. 그들은 각자 외국어를 몇 가지씩 알며, 유창하게 읽고 쓸 수 있었다.

아직 어린아이였을 때 그들은 시청각장애인이 외부인과 이야기할 수 있는 수단이 손말이라는 사실을 이해했다. 그러나 그들끼리는 손말이 너무 성가신 소통 방식이었다. 마치 모스 부호와 비슷했는데, 정보를 전달하는 수단이 온-오프 방식으로 제한될 때는 유용하겠지만 다른 방식보다 선호하는 소통 방식은 아닌 것이다. 그들이 서로 대화하는 방식은 우리의 글이나 구두 소통 형태에 훨씬 가까운데, 이렇게 말해도 될지 모르겠지만, 훨씬 나았다.

나는 이 사실을 느리게 깨달았다. 우선 내가 손으로 빠르게 철자를 말할 수 있게 되어도 다른 사람들이 말하는 것보다 훨씬 길게 걸린다는 사실을 알아차렸다. 그 속도의 차이는 숙련도의 차이로 설명할 수 있었다. 그래서 나는 그들의 약어를 가르쳐달라고 부탁했다. 이번에는 분홍만이 아니라 모든 사람에게 배웠다.

힘들었다. 그들은 손의 위치를 두 번 이상 바꾸지 않고 어떤 단어든 말할 수 있었다. 이 말을 배우는 것은 며칠이 아니라 몇 년이 걸리는 과제라는 것을 알게 되었다. 알파벳을 배우면 세상에 존재하는 어떤 단어의 철자라도 쓸 수 있는 도구를 갖게 된다. 구어와 문어가 동일한 일련의 상징체계로 이루어져 있다는 것도 큰 장점이다. 약어는 철자를 나열하는 방식과 전혀 달랐다. 약어는 손말과 공통점이 없었고, 순서대로 쓰지도 않았다. 영어나 다른 언어의 문법이 적용되지도 않았다. 구조와 어휘도 다른 언어와 전혀 달랐다. 약어는 켈러 공동체 사람들이 그들의 필요에 따라 완전히 새로 구성한 말이었다. 각 단어는 손말의 철자와 달리 별도로 배우고 기억해야 했다.

몇 달 동안 저녁 식사 후 모둠에서 내 주위로 대화의 물결이 빠져나가고 흘러가고 돌면서 나를 살짝 건드리기만 하고 지나가는 동안, 나는 그저 "나는 흉터를 아주 아주 잘 사랑한다." 같은 말이나 하고 있었다. 그러나 연습을 계속했고, 아이들은 내게 한없는 인내심을 보여주었다. 나는 점차 나아졌다. 이후 내가 참여한 대화는 나의 유창함의 정도에 따라 손말이나 약어로 이루어졌다. 처벌을 받은 날부터 나는 입말을 하지 않았고, 다른 사람도 내게 입말을 하지 않았다.

나는 분홍에게 몸말을 배우고 있었다. 그렇다, 우리는 사랑을 했다. 분홍을 성적인 대상으로 보는 데에는 몇 주가 걸렸다. 그 전에 내가 성적이지 않다고 믿었던 분홍의 애무(당시 내 마음대로 정의했던 행동)는 성적인 의미가 있기도 하고, 없기도 했다. 분홍은 자기 손으로 내 성기에 이야기하면 다른 종류의 대화가 될 수 있다는 사실을 완벽하게 자연스럽게 이해했다. 분홍은 아직 사춘기가 한창일 때였지만, 공동체의 모든 사람에게 성인으로 대우받고 있었기 때문에 나도 그렇게 받아들였다. 문화적 차이로 인해 나는 분홍이 무엇을 말하는지 알 아듣지 못했었던 것이다.

그래서 우리는 많은 대화를 나눴다. 나는 다른 사람과 대화할 때보다 분홍과 대화를 나눌 때 몸으로 하는 말과 음악을 훨씬 잘 이해했다. 분홍은 죄책감 없이 엉덩이와 손으로 자유롭게 노래를 불렀고, 손이 닿는 모든 음에서 새로운 발견이 느껴지는 열린 마음으로 노래를 불렀습니다.

"자신에 대해서는 별로 이야기를 해주지 않네요." 분홍이 말했다. "밖에서는 무슨 일을 했었어요?" 나는 이 말이 지금 적은 문장처럼 되어 있다는 인상을 주고 싶지는 않다. 우리는 서로 땀을 흘리고 냄새를 맡으며 몸말로 대화했다. 서로의 말은 손과 발, 입을 통해 전달됐다.

나는 약어로는 대명사를 일인칭 단수밖에 몰랐기 때문에 대화가 중단되었다.

분홍에게 시카고에서의 내 생활을 어떻게 말하면 좋을까? 어렸을 때 작가가 되고 싶었다는 사실과 내가 어떻게 실패했는지를 말해야 할까? 그리고 내가 왜 실패했는지도? 재능이 부족했거나 추진력이 부족해서? 내 직업에 관해 이야기해줄 수는 있었다. 의미 없이 서류나 뒤적이는 일이었는데, 국민총생산에 포함되는 것 외에는 쓸모가 없었다. 경제적인 호황과 불황 때문에 편하게 살아갈 방법이 없어서 퀠러 공동체에 왔다고 이야기할 수도 있었다. 혹은 사랑할 사람, 나를 사랑해줄 사람을 찾지 못한 마흔일곱 살의 외로움 때문에 왔다고 할 수도 있다. 스테인리스 강철 같은 사회에서 영원히 추방당한 존재에 대해 이야기할까. 여자와 하룻밤, 떠들썩한 술자리, 9시 출근, 5시 퇴근, 시카고 대중교통, 어두운 영화관, 텔레비전의 미식축구, 수면제, 그리고 창문이 열리지 않아 스모그를 마시거나 밖으로 뛰어내리지 못하는 존 행콕 타워. 그게 나였다. 그렇지 않나?

"알겠어요." 분홍이 말했다.

"나는 떠돌아다니고 있어요." 내가 말했다. 그리고 문득 그게 진실이라는 사실을 깨달았다.

"알겠어요." 분홍이 반복해서 말했다. 그러나 같

은 말이지만 상징이 달랐다. 문맥이 무엇보다 중요했다. 분홍은 나의 두 부분을 모두 듣고 이해했다. 하나는 그전까지 실제로 존재했던 나였고, 다른 하나는 되고자 했던 나였다.

내가 오랜만에 처음으로 내 삶에 대해 생각할 때, 분홍은 내 위에 누워 한 손을 내 얼굴에 가볍게 대고 감정의 빠른 변화를 읽었다. 내가 기억하는 한 처음으로 켈러 공동체에 와서 행복하다고 내 얼굴로 말하자, 분홍이 소리를 내어 웃으며 내 귀를 장난스럽게 꼬집었다. 행복하다고 그저 중얼거린 게 아니라, 나는 진실로 행복했다. 땀샘으로 거짓말 탐지기를 속이는 것보다, 몸말을 거짓으로 하는 게 더 어려웠다.

나는 방이 평소와 달리 텅 비어 있다는 사실을 깨달았다. 방에 아이들만이 있다는 사실을 알아채고는 어설픈 몸말로 물어봤다.

"다들 어디 갔어요?" 내가 물었다.

"모두 ○○○에 갔어요." 분홍이 대답했다. 분홍의 대답은 사실 손가락을 쫙 펴고 가슴을 세 차례 찰싹 때리는 것이었다. 손가락을 펴는 모양은 '동명사'를 의미했으므로, 그 말은 그들이 모두 ○○○에 갔다는 뜻이었다. 말할 필요도 없이, 나는 무슨 뜻인지 잘 몰랐다.

내게 무언가를 말해준 것은 분홍이 그 이야기를 할 때의 몸말이었다. 그 어느 때보다 분홍을 잘 읽을 수 있었다. 분홍은 속상하고 슬퍼했다. 분홍의 몸은 이런 말을 했다. "왜 나는 어른들과 함께 참여할 수 없을까요? 왜 나는 (냄새-맛-접촉-듣기-보기) 감각을 어른들과 함께 사용할 수 없을까요?" 이것이 분홍의 몸말을 정확히 옮긴 것이었다. 하지만 내 이해력을 신뢰할 수 없어서 그 해석을 받아들이지 못했다. 그래도 여기에서 경험한 사실들을 바탕으로 그 말을 이해하려 노력했다. 나는 그녀와 다른 아이들이 어느 정도 부모들을 원망하고 있다고 확신했다. 그럴 수밖에 없을 것이다. 아이들은 어른들보다 어느 정도 우월한 느낌을 받을 게 틀림없지만, 그들은 그런 느낌을 억제해야 했다.

나는 근처를 돌아본 후 북쪽 목초지에서 어른들을 찾아냈다. 아이는 한 명도 없고 모두 어른들이었다. 그들은 뚜렷한 형태가 없이 하나의 집단으로 모여 서 있었다. 원형은 아니었지만, 거의 둥그스름한 모양이었다. 굳이 구성 형태를 찾아보자면, 모든 사람이 다른 사람과 서로 비슷한 거리로 떨어져 있었다.

셰퍼드와 셔틀랜드 시프도그가 사람들을 바라보면서 차가운 풀밭에 앉아 있었다. 개들은 귀를 세우고 있었지만, 움직이지 않았다.

나는 사람들을 향해 가기 시작했다. 그들이 집중하고 있다는 사실을 알아채고 걸음을 멈췄다. 어른들은 서로 접촉하고 있었지만, 손은 움직이지 않았다. 항상 움직이던 사람들이 조용히 서 있는 모습을 보니 내 귀가 먹먹한 기분이 들었다.

나는 개 옆에 앉아 귓등을 쓰다듬으며 1시간 넘게 그들을 지켜봤다. 개들은 좋아하며 입술을 핥았지만, 눈길은 사람들에 집중하고 있었다.

나는 사람들이 조금씩 움직이고 있다는 사실을

알게 되었다. 수 분에 걸쳐서 매우 느리게 여기로 한 걸음, 저기로 한 걸음 옮기는 식이었다. 개인 간의 거리를 서로 비슷하게 유지하며 모임 전체가 넓어졌다. 마치 모든 은하계가 서로서로 멀어지며 우주가 팽창하는 모습과 비슷했다. 그들은 수정의 결정체가 줄지어 있는 것처럼 서로 손가락 끝만 닿은 형태로 서 있었다.

이윽고 사람들이 서로 전혀 닿지 않을 정도로 멀어졌다. 너무 멀어서 이어질 수 없는 거리까지 닿으려고 손가락을 최대한 뻗는 게 보였다. 그들은 여전히 서로 같은 거리를 유지하며 멀어졌다. 셰퍼드 한 마리가 살짝 낑낑대기 시작했다. 뒷머리의 머리카락의 곤두서는 느낌이 들었다. 서늘한 기운이 느껴졌다.

나는 눈을 감았다. 갑자기 졸음이 몰려왔다.

나는 깜짝 놀라 눈을 떴다. 곧 다시 눈을 질끈 감았다. 내 주변의 풀밭에서 귀뚜라미가 울었다.

내 눈동자 뒤편의 어둠 속에 뭔가가 있었다. 내가 눈동자를 뒤로 돌릴 수 있다면 쉽게 그것을 볼 수 있을 것 같은 느낌이 들었지만, 마치 똑바로 바라보지 않고 주변 시야로 기사의 제목을 힐끗 읽을 때처럼 제대로 보이지 않았다. 그게 뭔지 묘사하기는커녕 정확히 파악할 수조차 없었다. 한동안 그것이 나를 계속 자극하고, 개들이 낑낑대는 소리가 더욱 커졌지만, 그게 뭔지 전혀 알 수 없었다. 내가 생각해낼 수 있는 최고의 비유는 시각장애인이 구름이 긴 날 태양을 느끼는 것 같았다는 것이다.

나는 다시 눈을 떴다.

분홍이 내 옆에 서 있었다. 분홍은 두 눈을 꼭 감고, 양손으로 귀를 막은 모습이었다. 그리고 입을 벌려 소리 없이 말을 하고 있었다. 분홍의 뒤에 나이 든 아이들이 여러 명 있었는데, 모두 같은 행동을 했다.

밤의 분위기가 뭔가 바뀌었다. 무리 안에 있던 사람들이 이제 서로에게서 한 걸음 정도로 멀어지더니 갑자기 전체 형태가 무너졌다. 그들은 잠시 몸을 부들부들 떨다가 으스스하게 웃었다. 청각 장애인이 남의 눈을 의식하지 않은 상태에서 웃음 대신 내는 소리였다. 그들은 풀밭에 쓰러져 배를 움켜잡고 구르면서 박장대소했다.

분홍도 웃었다. 놀랍게도 나 역시 웃고 있었다. 나는 얼굴과 옆구리가 아파질 때까지 웃었다. 가끔 대마초를 피웠을 때 하던 짓과 비슷했다.

그리고 그게 ○○○이었다.

지금까지 켈러 공동체의 표면적인 모습만 이야기했다. 그런데 잘못된 인상을 키우지 않기 위해 말해두어야 할 것들이 있다.

예를 들자면, 입을거리 문제다. 그들 대부분은 대체로 뭔가를 입고 있다. 분홍은 공동체 사람들 중에서 유일하게 옷을 싫어하는 기질이 있는 것 같았다. 분홍은 아무것도 입지 않고 지냈다.

우리가 바지라고 부르는 것을 입는 사람은 아무도 없었다. 옷가지는 헐렁했는데, 길고 헐렁한 가운, 셔츠, 원피스, 스카프 같은 것들만 입었다. 남자들도 여자옷이라고 부를 만한 옷들을 입었다. 그저 그 옷들이 더 편하기 때문이었다.

많은 옷이 낡은 상태였다. 하지만 대체로 비단이나 벨벳처럼 감촉이 좋은 옷감으로 만들어졌다. 전형적인 켈러 공동체 사람들은 손으로 용을 새긴 일본식 비단 가운을 입었는데, 구멍이 여기저기 뚫려 있고, 실밥이 늘어졌으며, 차와 토마토 얼룩이 온통 뒤덮고 있었다. 그들은 그런 옷을 입은 채 음식물 찌꺼기가 든 양동이를 들고 돼지우리를 철벅거리며 걸어 다녔다. 하루를 마치면 옷을 세탁했지만, 색이 바래는 것은 신경 쓰지 않았다.

지금까지 동성애에 대해서도 언급하지 않았던 것 같다. 내가 켈러 공동체에서 초기에 가장 깊은 관계를 맺은 두 사람이 여성이었다는 사실은 알아차렸을 것이다. 분홍과 흉터였다. 동성애 문제에 대해 지금껏 아무런 언급도 하지 않았던 것은 어떻게 표현해야 할지 몰랐기 때문이었다. 나는 남자와 여자 모두에게 동등하게 같은 용어로 대화했다. 나는 놀랍게도 남자들과 애정을 나누는 것에 별로 어려움이 없었다.

나는 켈러 공동체 사람들을 양성애자로 생각하

지 않았지만, 냉정하게 말하면 그렇게 볼 수도 있을 것이다. 그들의 관계는 훨씬 깊었다. 그들은 동성애가 사회적으로 금기시하는 죄악이라는 개념조차 없었다. 그들은 처음부터 이렇게 배웠다. 이성애와 동성애를 구별하는 사람은 인류의 절반과의 소통, 즉 완전한 소통을 차단하게 된다. 그들은 범성애자였다. 그들은 성을 다른 삶과 분리하지 않았다. 남성과 여성을 표현하는 단어들이 끝도 없이 다양했고, 영어로는 도저히 표현하지 못할 정도로 육체적 경험의 정도와 다양성을 나타내는 단어가 많았지만, 그 모든 단어에는 다른 경험 세계의 일부분도 포함되어 있었다. 우리가 성이라고 부르는 부분을 따로 떼어서 분리해놓은 예는 없었다.

내가 말하지 않은 다른 의문이 있다. 내가 처음에 켈러 공동체에 도착했을 때, 나 스스로도 궁금했었으므로 이야기할 필요가 있다. 우선 켈러 공동체가 필요한가의 문제이다. 이 공동체는 정말로 이런 형태여야만 할까? 그들이 우리가 살아가는 방식에 적응하는 게 더 낫지 않을까?

켈러 공동체도 언제나 평화로운 전원생활만 있는 것은 아니었다. 항상 침입과 강간에 대한 이야기를 들었다. 그 일은 다시 일어날 수 있었다. 특히, 도시의 떠돌이 패거리들이 진짜로 시외로 나와 돌아다니기 시작하면 언제든 일어날 수 있었다. 오토바이를 타고 돌아다니는 집단은 하룻밤에 공동체를 쓸어버릴 수도 있었다.

법적 다툼도 계속 지속됐다. 1년에 한 번 정도씩 사회복지사들이 켈러 공동체에 방문해서 아이들을 데려가려 했다. 사회복지사들은 아동학대부터 청소년 비행에 대한 원인 제공까지 가능한 온갖 핑계를 댔다. 아직은 그들의 시도가 성공하지 못했지만, 언젠가는 될 수도 있다.

그리고 시청각장애인에게 약간이나마 보고 들을 수 있게 해주는 정밀한 장치가 시장에 나왔다. 그들은 그런 장치의 도움을 받을 수도 있었다.

나는 예전에 버클리에서 시청각장애인 여성을 만난 적이 있었다. 나는 일반 사회보다 켈러 공동체에 사는 데 한 표를 던질 것이다.

그리고 그 기계들에 대해 말해보자면….

켈러 공동체의 도서관에도 보는 기계가 있었다. 그 기계는 텔레비전 카메라와 컴퓨터를 이용해 촘촘히 설치된 일련의 금속 핀을 진동시켰다. 그 장치를 이용하면, 카메라가 찍고 있는 대상이 움직이는 영상을 느낄 수 있다. 장치는 핀으로 찌르는 부분을 등에 지고 다닐 수 있도록 작고 가벼웠다. 가격은 3만 5천 달러 정도였다.

나는 도서관 구석에서 그 기계를 발견했는데, 손가락으로 표면을 문질러보니 두꺼운 먼지가 떨어져 나가며 반짝이는 줄무늬가 남았다.

다른 사람들은 왔다가 떠났지만, 나는 계속 머물렀다.

앞서 지내봤던 다른 공동체들과 달리 켈러 공동체에는 방문객이 많지 않았다. 길에서 벗어난 곳에 있기 때문이었다.

한 남자가 정오에 들어와 둘러보더니 말없이 떠났다.

어느 밤에는 캘리포니아에서 가출한 열여섯 살 소녀 두 명이 왔었다. 그들은 저녁을 먹기 위해 옷을 벗었다가, 내가 볼 수 있다는 사실을 알고는 충격을 받았다. 분홍이 그 아이들을 겁줬다. 그 불쌍한 아이들이 분홍처럼 노련해지려면 앞으로 좀 더 나이가 들어야 할 것이다. 하지만 분홍도 캘리포니아에 처음 가면 불안해했을 것이다. 아이들은 다음 날 떠났다. 그 아이들이 난교에 참여했었는지는 잘 모르겠다. 만일 참여했다면 계속 만지기만 하고 본론으로는 들어가지 않아서 매우 이상했을 것이다.

산타페에 살면서 퀠러 공동체와 변호사 사이에서 일종의 연락책 역할을 하는 친절한 부부가 있었다. 부부에게는 다른 아이들과 쉴 새 없이 손말로 잡담을 하는 아홉 살짜리 아들이 있었다. 그들은 대체로 한 주 건너 한 번씩 와서 며칠 머물며 일광욕하고 매일 밤에 모둠에도 참여했다. 그들은 약어가 서툴렀고, 예의를 갖추느라 내게도 입말을 하지 않았다.

인디언들이 비정기적으로 들렀다. 그들은 대체로 호전적인 남성우월주의자들이었다. 인디언들은 켈러 공동체에서도 항상 리바이스와 부츠를 입고 지냈다. 그러나 공동체 사람들을 이상하게 생각하더라도 존중한다는 점은 확실했다. 인디언들은 켈러 공동체와 거래를 했다. 나바호족 인디언들은 공동체 사람들이 매일 대문 밖으로 실어다놓은 생산물을 트럭으로 옮겨서 판매하고 일정 비율을 챙겼다. 공동체 사람들과 인디언들은 자리에 앉아 손말로 논의했다. 분홍은 그들이 거래할 때 꼼꼼하고 양심적이라고 했다.

그리고 일주일에 한 번 정도 모든 부모가 들판으로 나가 ○○○을 했다.

나의 약어와 몸말 실력이 점점 더 나아졌다. 약 5개월의 시간이 바람처럼 훌쩍 지나가고, 어느새 겨울이 코앞으로 다가왔다. 나는 그때까지도 내가 원하는 게 무엇인지 고민하지 않았고, 남은 생을 무엇을 하며 보내고 싶은지 제대로 생각해보지 않은 상태였다. 그냥 바람이 부는 대로 떠다니도록 나 자신을 놔두는 습관이 너무 깊게 스며든 모양이었다. 나는 체질상 여기에 오랫동안 머물고 싶어하는지 제대로 고민하지 않고, 떠날 건지도 결정하지 못한 상태로 그곳에 그냥 있었다.

그러다 나를 밀어내는 압력이 느껴졌다.

나는 한동안 그런 압력이 외부의 경제적 상황과 관련이 있다고 생각했었다. 켈러 공동체 사람들도 바깥 세계가 어떻게 돌아가는지 알고 있었다. 그들은 바깥 세계의 문제들을 자신들과 상관없다며 무시하고 고립되는 것이 위험하다는 사실을 알고 있었다. 그래서 점자판 〈뉴욕 타임스〉를 구독해서 대부분이 읽었다. 그들이 한 달에 한 번가량 텔레비전에 전원을 넣으면, 아이들이 보고 부모들에게 통역해줬다.

덕분에 나도 경제 상황이 비공황기에서 서서히 정상적인 인플레이션 상황으로 옮아가고 있다는 사실을 알게 되었다. 일자리가 많아지고, 돈이 다시 돌았다. 얼마 지나지 않아 내가 다시 바깥 세계로 나왔을 때, 나는 그런 상황이 이유라고 생각했었다.

진짜 이유는 훨씬 복잡했다. 약어의 양파껍질을 벗기니 그 아래에 또 다른 껍질이 있다는 사실을 알게 된 것과 관련이 있었다.

나는 몇 차례의 쉬운 교육으로 손말을 배웠다. 그때 약어와 몸말이 있다는 사실을 알게 되었다. 그리고 그것들을 배우는 게 얼마나 어려운지도 알게 되었다. 5개월 동안 약어만 사용하는 몰입 교육을 통해 대여섯 살 수준의 약어를 익혔다. 그게 언어를 배울 수 있는 유일한 방법이었다. 시간만 주어지면 능숙하게 할 수 있을 것 같았다. 몸말은 또 다른 문제였다. 몸말을 배우는 초기에는 어느 정도 능숙해졌는지 가늠하기 것조차 힘들었다. 몸말은 대화의 상대방과 시간, 분위기에 따라 몹시 개인적이고 다양하게 발현되는 언어였다. 그래도 나는 계속 배웠다.

그러다 '접촉'을 알게 되었다. 내가 그 언어를 억지스럽지 않은 한 단어 영어 명사로 표현하려면

'접촉'이 최선이다. 그들은 이 4단계의 언어를 매일 다르게 불렀는데, 지금부터 그 상황을 설명해 보겠다.

나는 재닛 라일리를 만나려고 시도하다가 '접촉'을 처음 알게 되었다. 당시 켈러 공동체의 역사를 배웠는데, 재닛은 그 모든 과정에서 대단히 특출난 인물이었다. 켈러 공동체의 모든 사람을 알았지만, 어디에서도 재닛을 찾을 수 없었다. 나는 모든 사람을 '흉터', '앞니 빠진 여자', '머릿결이 억센 남자' 같은 이름으로 알았다. 내가 그들에게 부여한 약어 이름들이었다. 그리고 모든 사람은 그런 이름을 이의 없이 받아들였다. 그들은 켈러 공동체에 들어온 후에는 바깥에서 사용하던 이름을 전혀 사용하지 않았다. 그 이름은 그들에게 전혀 의미가 없었다. 그들에 관해 아무것도 말해주지 않고, 아무런 설명도 해주지 않기 때문이었다.

처음에는 내 약어의 구사 능력에 결함이 많아서 재닛 라일리에 대한 질문을 제대로 명확하게 하지 못하기 때문일 거라고 짐작했었다. 그러다 그들이 일부러 내게 말해주지 않고 있다는 사실을 알아차렸다. 나는 그 이유를 깨닫고는 받아들였다. 그리고 그 문제에 대해 더 이상 생각하지 않았다. '재닛 라일리'는 바깥세상에 있을 때 불리던 이름이었다. 그리고 이 모든 것들을 달성하기 위해 재닛이 제시한 조건 중 하나가 공동체 안에서는 특별한 사람이 아니어야 한다는 것이었다. 재닛은 집단 속으로 녹아 들어가 사라졌다. 발견되길 원치 않았다. 좋다.

그런데 그 의문을 쫓는 동안, 공동체 구성원 각각이 특정한 이름을 갖고 있지 않다는 사실을 알게 되었다. 즉, 예를 들어, 분홍은 공동체 구성원 각자로부터 115개 이상의 이름으로 불렸다. 각각의 이름에는 분홍이 사람들과 어떤 관계를 맺어왔는지를 말해주는 맥락이 담겨 있었다. 내가 신체적 특성에 따라 사람들에게 붙였던 단순한 이름들은 어린아이들이나 불릴 법한 것으로 받아들여졌다. 아이들은 외피 아래에 있는 자신과 자기 인생, 그리고 다른 사람과의 관계를 말해주는 이름을 사용하는 방법을 아직 배우지 못했기 때문이다.

게다가 더욱 혼란스러운 점은 그 이름들이 매일 변한다는 사실이었다. 나는 그 과정에서 처음으로 접촉을 얼핏 맛보고는 정말 기겁했다. 그것은 순열 문제였다. 그 순열 문제를 1차로 단순 전개해도 최소한 1만 3천 개 이상의 이름이 사용되고 있다는 의미가 된다. 게다가 그 이름은 계속 변하기 때문에 기억할 수 없었다. 예를 들어 분홍이 '대머리'를 언급할 때, '키 작고 뚱뚱한 남자'에게 말하는 접촉과 나에게 말하는 접촉이 달랐다.

그러다 내가 놓치고 있었던 심연이 아래에서 입을 벌리자, 그 깊이에 대한 두려움 때문에 갑자기 숨을 쉴 수 없었다.

켈러 공동체 사람들이 서로 말할 때 사용하는 게 접촉이었다. 접촉에는 그때까지 배운 세 가지 다른 대화 방식인 손말과 약어, 몸말이 모두 섞여 있었다. 그리고 접촉의 핵심은 같은 형태를 계속 유지하지 않는다는 것이었다. 나는 그들이 약어로 하는 말을 이해할 수 있다. 약어는 접촉의 실질적인 토대였다. 나는 그 약어의 바로 아래에 접촉이 흐르고 있었다는 사실을 알게 되었다.

접촉은 언어를 만들어내는 언어였다. 모두가 자신만의 사투리를 했다. 사람마다 신체와 인생의 경험이 달랐으므로, 서로 다른 악기로 말하는 것과 같았다. 접촉은 모든 것들의 영향을 받아 변형되었으므로, 가만히 그대로 유지되지 않았다.

켈러 공동체 사람들은 모둠에 모여 앉아 하룻밤에 접촉 반응 전체를 새롭게 만들어내기도 했다. 관용적인 접촉이든, 개인적인 접촉이든 거짓 없는 대화 속에 완전히 발가벗겨졌다. 그리고 다음 밤에 대화할 때는 그 접촉을 하나의 구성 요소로만 이용했다.

나는 스스로 그 정도로 발가벗겨지길 원하는지 알지 못했다. 잠시 나 자신을 돌아봤다가 깨달은 사실은 그리 만족스럽지 않았다. 그들은 한 사람도 예외 없이 나에 대해 나보다 잘 알고 있다는 사실을 깨달았다. 나의 솔직한 몸이 내가 드러내고 싶지 않은 두려운 마음을 그들에게 다 이야기했기 때문이었다. 그 사실을 깨닫자 몸이 떨렸다. 나는 발가벗은 채 카네기홀의 무대에서 스포트라이트를 받고 있었다. 어렸을 때부터 꾸었던 악몽, 바지를 벗고 돌아다니는 꿈이 나를 괴롭혔다. 그들 모두가 나의 온갖 결점에도 나를 사랑해준다는 사실만으로는 충분하지 않았다. 나는 자의식 과잉의 자아와 함께 어두운 옷장에 들어가 웅크리고 앉아 썩어가게 두고 싶었다.

　나는 어쩌면 그 공포를 이겨낼 수도 있었다. 분홍은 분명히 도와주려 했었다. 분홍은 내게 이것은 잠깐의 고통일 뿐이며, 이마에 불로 새긴 어두운 감정과 함께 살아가는 생활에 빠르게 적응할 것이라고 했다. 그리고 접촉은 처음 봤을 때 생각과 달리 그렇게 어려운 게 아니라고 했다. 내가 이미 약어와 몸말을 배웠으므로, 수액이 나무줄기를 타고 올라가듯 접촉이 자연스럽게 흘러나올 것이라고 했다. 전혀 노력하지 않더라도 당연한 일처럼 내게 일어날 거라 했다.

　나는 분홍의 말을 거의 믿을 뻔했다. 하지만 분

홍은 자기 자신을 속이고 있었다. 아니, 아니, 아니다. 그런 말을 하려는 게 아니다. 하지만 분홍이 ○○○을 고민하는 모습을 보며, 내가 이 과정을 통과하더라도, 다음 사다리의 다음 칸에 또 머리를 들이박게 될 것이라는 확신이 들었다.

○○○.

당시는 ○○○을 조금 더 낮게 정의할 수 있었다. 하지만 영어로 쉽게 옮길 수 있는 단어는 없고, 시도를 해보더라도 내가 알고 있는 어렴풋한 개념만 겨우 전달할 수 있을 것이다.

"○○○은 접촉하지 않고 접촉하는 방식이에요." 분홍은 언어 소통 능력이 부족한 나에게 자신의 불완전한 개념을 설명하려고 힘겹게 몸말을 했다. 분홍의 몸은 약어로 말한 접촉의 정의가 진실이 아니라는 것과, 자신도 ○○○이 무엇인지 잘 모르고 있다는 사실을 동시에 알려주었다.

"○○○은 영원한 적막과 암흑 속에 있는 사람을 뭔가 다른 세상으로 확장해주는 선물이에요." 다시 분홍의 몸이 그 말을 부정했다. 분홍이 화를 내며 바닥을 쳤다.

"○○○은 항상 적막과 암흑 속에서 다른 사람을 접촉하며 사는 사람들만 가진 특성이에요. 시각과 청각은 ○○○을 방해하거나 가려버리는 게 확실해요. 내가 최대한 시각과 청각을 낮추면 ○○○의 끄트머리를 어느 정도 인식할 수 있어요. 하지만 정신의 시각 지향성을 없애기 힘들어요. ○○○으로 가는 문은 나에게 막혀 있어요. 다른 아이들에게도요."

분홍의 말 중 앞부분의 '접촉하는'이라는 단어는 접촉으로 만든 복합어로서, 나에 대한 분홍의 기억과 내가 분홍에게 말해준 나의 과거 경험이 담겨 있었다. 그리고 '키가 큰 초록 눈동자의 여자'와 헛간 아래의 푹신한 땅에서 느꼈던 부서진 버섯의 느낌과 냄새도 담겨 있었다. 분홍은 내게 사물의 본질을 느끼는 방법을 가르쳐줬었다. 또한 내가 분홍의 어둡고 축축한 곳으로 들어갈 때 우리가 나눴던 몸말과, 나를 받아들이는 느낌이 어땠는지에 대한 분홍의 설명이 담겨 있었다. 모든 게 그 한 단어에 들었다.

나는 그 문제를 오랜 시간 곰곰이 생각했다. 접촉을 배우기 위해 자신이 완전히 발가벗겨지는 과정을 견디고 고생해봤자 기껏해야 분홍이 누리고 있는 어정쩡한 실명 수준밖에 도달하지 못하는데, 그런 고생을 할 가치가 있는 걸까?

내 평생 가장 행복하게 지낸 장소에서 나를 계속 밀어내는 것은 무엇이었을까?

하나는 "도대체 내가 여기서 뭘 하는 거지?"로 요약할 수 있는 한참 뒤늦은 자각이었다. 그것은 다음 질문으로 이어졌다. "여기서 나가면 도대체 뭘 할 건데?"

나는 지난 7년 동안 켈러 공동체에 며칠 이상 머무른 유일한 방문객이었다. 나는 그 문제를 곰곰이 생각했다. 난 강인하거나 내 의견에 대한 확신이 강한 사람이 아니기 때문에, 다른 사람들이 아니라 내 잘못이라고 생각하는 편이었다. 나는 쉽게 만족하고 현실에 안주하는 사람이라서 다른 사람들이 보는 단점을 잘 보지 못했다.

켈러 공동체 사람들이나 그들의 운영 체계에 문제가 있다는 이야기는 아니다. 아니, 그렇게 생각하기에는 내가 그들을 너무나 사랑하고 존경했다. 이 불완전한 세계에서 켈러 공동체는 전쟁을 하지 않고 최소한의 정치로 존재하는, 사람들을 위해 건전하고 합리적으로 운영되는 사회에 가장 근접했다. 따지고 보면, 인간을 사회적 동물로 이야기할 때 전쟁과 정치라는 오래된 두 공룡을 빼고 설명하는 것은 여전히 불가능하다. 그렇다. 나는 전쟁을 타인과 살아가는 하나의 방법이라고 생각한다. 즉, 너무도 명확한 언어로 자신의 의지를 상대방에게 강요해서, 무릎을 꿇거나 죽거나 당신의 머리를 박살 낼 수밖에 없도록 만드는 것이다. 하지만 그런 게 해결책이라면, 나는 해결책이 없는 삶을 살고 싶다. 정치도 전쟁보다 낫다고 하기 힘들다. 유일한 장점이라면 가끔 주먹 대신 말로 문제를 해결한다는 것이다.

켈러 공동체는 하나의 유기체였다. 새로운 방식의 관계였으며, 그 방식은 잘 작동하는 것 같았다.

이것이 전 세계의 문제에 대한 해결책이라고 주장하려는 것은 아니다. 이런 방식은 시청각 장애처럼 결속력이 있고 희소한 공통의 이해관계가 있는 집단에서만 가능할 것이다. 켈러 공동체처럼 이렇게 상호의존적인 집단이 또 있을까 싶다.

그 유기체의 세포들은 아름답게 협력했다. 유기체는 튼튼하고 잘 자랐으며, 번식 능력만 제외하고 생물을 정의하는 데 사용되는 모든 속성을 가지고 있었다. 번식 능력이 없다는 것은 치명적인 단점이었다. 나는 아이들 사이에서 뭔가 다른 씨앗이 자라나는 모습을 확실히 볼 수 있었다.

그 유기체의 장점은 소통이었다. 그럴 수밖에 없었다. 켈러 공동체에서 정교하고 속임수가 불가능한 소통이 이루어지지 않았다면, 옹졸함과 질시, 소유욕, 그리고 '타고난' 인간의 수십 가지 결점 때문에 스스로 몰락하고 말았을 것이다.

밤마다 열리는 모둠이 이 유기체의 토대였다. 모든 사람이 저녁 식사 후 잠자리에 들기 전까지 모둠에서 거짓을 말할 수 없는 언어로 대화했다.

어떤 문제가 자라나면 저절로 드러나서 거의 자동으로 해결되었다. 질투? 분노? 마음속에 품고 있는 뭔가 약간 잘못되었다는 느낌? 모둠에서는 그런 감정을 숨길 수 없었으므로, 곧 모두가 그 사람을 둘러싸고 사랑으로 건강하지 못한 마음을 물리쳤다. 그 모습은 마치 병든 세포에 몰려드는 백혈구 같았지만, 그 세포를 파괴하지 않고 치유했다. 조기에 발견하면 해결하지 못할 문제가 없는 것 같았다. 접촉을 통해 이웃은 나보다 문제를 먼저 알아챘고, 이를 바로 잡거나 상처를 치유하고 기분 좋게 만들어서 웃을 수 있도록 해주었다. 모둠에서는 항상 웃음이 많이 터져 나왔다.

나는 한동안 분홍에 대해 소유욕을 느꼈던 것 같다. 초기에는 실제로 조금 그랬었다. 분홍은 처음부터 나를 도와준 특별한 친구였고, 며칠 동안 유일하게 대화할 수 있던 사람이기 때문이었다. 내게 손말을 가르쳐준 것도 분홍의 손이었다. 분홍이 내 무릎을 베고 누워 다른 사람과 사랑을 나눌 때 처음으로 영역을 침탈당하는 것 같은 마음의 동요를 느꼈었다. 그러나 켈러 공동체 사람들은 어떤 신호든 파악하는 데 능숙했다. 내 감정도 즉시 파악했다. 마치 경보음처럼 분홍과 그 남자, 그리고 내 주위에 있던 여자들과 남자들에게 퍼져나갔다. 그들은 온갖 언어로 내게 괜찮으며 수치스러워하지 않아도 된다고 말하며 진정시키고 달랬다. 그때 문제의 남자가 나를 사랑하기 시작했다. 분홍이 아니라 그 남자가 말이다. 인류학자가 관찰했다면 논문 하나를 통째로 쓸 만한 주제가 되었을 것이다. 개코원숭이의 사회적 행동에 대한 다큐멘터리를 본 적이 있는가? 걔들도 그렇게 행동한다. 많은 수컷 포유류가 그렇게 행동한다. 수컷들이 지배권 싸움을 할 때, 약한 놈은 꼬리를 내리거나 몸을 내맡겨서 항복함으로써 공격성을 누그러뜨린다. 그 남자가 대립의 대상인 분홍을 포기하고 내게 관심을 돌렸을 때, 나는 완전히 마음이 풀려버렸다. 내가 뭘 할 수 있겠는가? 나는 웃음을 터뜨렸고, 그 남자도 웃었다. 곧 우리 모두 웃었으며, 그렇게 영역 다툼이 끝났다.

켈러 공동체에서는 '인간 본성'으로 인해 발생한 대부분 문제를 그렇게 해결했다. 일종의 동양 무술과 비슷했다. 즉, 날아오는 주먹과 같은 방향으로 움직이며 슬쩍 피하면, 공격한 사람이 자기가 내지른 힘 때문에 엉덩방아를 찧게 되는 것이다. 공격한 사람이 선제공격하기 위해 애를 쓸 가치가 없으며 아무런 저항하지 않는 상대를 공격하는 행위는 바보 같은 짓이라는 사실을 깨달을 때까지 계속 그렇게 피했다. 그러면 공격자는 타잔이 아니라 찰리 채플린이 되어 웃음을 터뜨렸다.

분홍의 사랑스러운 몸 때문이 아니었고, 분홍을 내 동굴에 가둬놓고 먹다 남은 넓적다리뼈를 들고 지키면서 나만의 온전한 소유물로 가질 수 없다는 사실을 깨달았기 때문도 아니었다. 만일 내가 그런 생각을 고집했다면, 분홍은 나를 아마존의 거머리를 바라보듯 혐오스럽게 여겼을 것이며, 행동주의 심리학자가 틀렸다는 사실을 입증하고, 그 상황을 이겨냈을 것이다.

그렇게 해서 나는 켈러 공동체를 방문했다가

떠난 사람 중 하나가 되었다. 나보다 먼저 떠났던 이들은 내가 보지 못했던 뭔가를 봤을까?

글쎄, 그곳에는 대단히 눈부신 뭔가가 있었다. 켈러 공동체가 아무리 좋아 보였다고 하더라도, 나는 그 유기체의 일원이 아니었다. 그 일부가 될 수 있다는 희망조차 없었다. 내가 공동체를 처음 방문했던 그 주에 분홍이 내게 그렇게 말했었다. 분홍은 정도가 덜하기는 하지만 스스로도 그렇게 느끼고 있었다. 분홍도 ○○○을 할 수 없었다. 하지만 그 사실 때문에 켈러 공동체를 떠나지는 않을 것이다. 분홍은 내게 손말로 여러 차례 그렇게 말했고, 몸말로 확인시켜 주었다. 내가 떠나더라도 분홍은 함께 떠나지 않을 것이다.

조금 떨어져서 그 문제를 생각해보려 노력했더니, 몹시 비참한 기분이 들었다. 대체 내가 뭘 하려는 거지? 내 인생의 목표가 시청각장애인 공동체의 일원이 되는 것이었나? 당시 나는 너무도 무기력해서, 숱한 반대 증거가 있음에도 불구하고, 나 자신에 대한 모욕으로 받아들였다. 나는 이 괴상한

불구자들이 아니라, 진짜 사람들이 사는 진짜 세상
으로 나가야겠다고 생각했다.

　나는 그 생각에서 최대한 빨리 벗어났다. 정신
이 완전히 나간 것은 아니었지만, 거의 미치기 직
전이었다. 이 사람들은 내 인생에서 가장 친한 친
구들이었고, 어쩌면 유일한 친구들이었다. 내가 잠
깐이나마 그런 생각을 할 정도로 혼란스러운 상태
라는 사실이 무엇보다 걱정스러웠다. 바로 그런 이
유로 마침내 결단을 내리게 되었는지도 모르겠다.
커지는 환멸과 달성할 수 없는 희망의 미래가 보였
다. 내 눈과 귀를 닫지 않는 한, 나는 언제나 외부
인으로 존재하게 될 것이다. 나는 눈멀고 귀먹은
사람이 될 것이다. 나는 변종이 될 것이다. 나는 그
렇게 되고 싶지 않았다.

　사람들은 내가 떠나기로 결심했다는 사실을 나
보다 먼저 알아차렸다. 그 후 며칠은 기나긴 이별
의 시간이었고, 나에게 건네는 모든 말에는 애정
어린 작별 인사가 담겨 있었다. 나는 정말로 슬퍼

하지 않았고, 그들도 그랬다. 그들이 했던 모든 일처럼 작별도 좋았다. 그들은 아쉬움과 삶은 계속되어야 한다는 것, 그리고 다시 만날 수 있다는 희망을 적절히 섞어 작별 인사를 했다.

접촉에 대한 깨달음이 내 마음 언저리를 스치고 지나갔다. 분홍이 말해줬듯이 나쁘지 않았다. 한두 해면 나도 익힐 수 있을 것 같았다.

하지만 당시 나는 계획을 세운 상태였다. 나는 오랫동안 따랐었던 삶의 궤도로 돌아갔다. 해야 할 일을 일단 결정한 후에는 그 결정을 되돌리는 게 왜 그리 두려운 걸까? 아마도 처음 결정을 내리기까지 너무 힘들었기 때문에, 그 과정을 다시 겪고 싶지 않은 탓일 것이다.

나는 밤에 조용히 고속도로로 나가 캘리포니아로 떠났다. 그들은 들판에 나와 다시 그 원형을 이루며 서 있었다. 그들의 손끝은 그 전보다 훨씬 더 멀리 떨어져 있었다. 개와 아이들은 만찬을 바라보는 걸인처럼 가장자리에서 기다렸다. 개와 아이들 중 어느 쪽이 더 갈구하고 곤혹스러워하는지는 쉽게 알 수 없었다.

켈러 공동체에서의 경험은 내게 깊은 인상을
남겼다. 나는 그 이전처럼 살아갈 수 없었다. 한동
안 도저히 살 수 없다는 생각도 들었지만, 그래도
살아갔다. 나는 살아가는 것에 너무도 익숙해서 생
명을 끝내는 결정적인 행동은 하지 못했다. 나는
기다렸다. 삶은 나에게 즐거운 일 한 가지를 주었
으니, 어쩌면 또 다른 즐거움을 줄지 모른다.

나는 작가가 되었다. 예전보다 소통 능력이 훨
씬 나아졌다는 사실을 깨달았다. 어쩌면 처음으로
그런 재능을 가지게 된 것인지도 모르겠다. 어쨌든
내 글을 모아 팔았다. 내가 쓰고 싶은 글을 썼고,
배를 곯을까 두려워하는 일이 없어졌다. 나는 모든
일을 당연하게 받아들였다.

나는 1997년의 비공황기를 이겨냈다. 당시 실
업률이 20퍼센트까지 올라갔지만, 정부는 또다시
일시적인 경기침체라며 무시했다. 결국 경기는 회
복세로 돌아섰지만, 실업률은 그 전이나 그 이전보

다 약간 높아졌다. 싸움질과 차량 파괴, 심장 발작, 살인, 총격, 방화, 폭발, 폭동 등 끝없이 이어지는 거리극을 찾아 헤매는 것 말고는 달리 할 일이 없는 수백만 명의 쓸모없는 사람들이 또다시 생겨났다. 지루할 틈이 없었다.

나는 부자가 되지는 못했지만, 대체로 안락하게 지냈다. 내가 안락하게 지내는 건 사회적 질병에 걸렸기 때문이었다. 그 질병의 증상은, 내가 사는 사회에 진물이 흐르는 고름집이 자라나고, 방사능 구더기들이 사회의 두뇌를 먹어 치우고 있다는 사실을 외면할 수 있는 능력이 생기는 것이었다. 나는 기관총 포탑이 보이지 않는 마린 카운티에 훌륭한 아파트를 가지고 있었다. 그리고 자동차가 사치품으로 취급받기 시작하던 시절에 차도 한 대 있었다.

나는 원하는 대로만 살아갈 수 있는 운명이 아니라고 결론을 내렸다. 우리는 모두 어느 정도 타협하기 마련이므로, 기대치를 너무 높게 설정하면 실망을 할 수밖에 없다고 생각했다. 내가 '상류층'과 거리가 먼 생활에 안주하고 있다는 생각이 들었지만, 뭘 어떻게 해야 할지 몰랐다. 나는 냉소주의와 낙관주의가 섞여 있었는데, 그 비율은 내가 보기에 적당했다. 어쨌든 내 모터는 계속 작동했다.

처음 계획했던 대로 일본에도 가봤다.

인생을 함께 나눌 사람을 찾지는 못했다. 그럴 수 있는 사람은 분홍뿐이었다. 그렇지만 분홍과 분홍의 대가족은 내가 감히 건널 수 없는 심연 너머에 있었다. 나는 분홍을 감히 떠올리지도 못했다. 분홍을 떠올리면 내 평정심에 너무나 위험했기 때문이었다. 그냥 그렇게 살면서 그게 내 모습이라고 혼자 되새겼다. 외로웠다.

세월은 독일 다하우의 밭을 굴러다니는 무한궤도 트랙터처럼 느릿느릿 흘러 새천년이 밝아오기 이틀 전날이 되었다.

샌프란시스코에서는 2000년을 기념하기 위한 큰 파티가 벌어졌다. 이 도시가 서서히 몰락하고 있으며, 문명이 히스테리 속으로 붕괴하고 있다는 사실을 누가 신경이나 쓸까? 파티나 하자고!

1999년의 마지막 날, 나는 금문댐 위에 서 있었

다. 태평양에 뜬 태양은 일본을 향해 저물고 있었다. 일본은 평소와 다르지 않았지만, 신 사무라이 정신과 함께 정돈되고 입체적으로 보였다. 내 뒤로 축제를 기념하는 불꽃놀이의 첫 폭죽이 터졌는데, 사회·경제적으로 불우한 사람들이 자기들 나름의 방식으로 기념하기 위해 불을 지른 건물들의 화염과 경쟁을 하는 것 같았다. 도시가 비참함의 무게에 짓눌려 흔들려서, 지표면 아래의 샌안드레아스 단층의 균열선을 따라 미끄러질까 봐 불안했다. 저 위의 어딘가에서 궤도를 돌고 있는 원자폭탄이 떠올랐다. 우리가 다른 모든 가능성을 다 써버렸을 때, 버섯구름을 만들 준비를 하고 있다.

분홍이 생각났다.

정신을 차리고 보니 어느새 나는 운전대를 움켜잡고 땀을 흘리며 네바다 사막을 가로질러 달려가고 있었다. 나는 켈러 공동체에서 배웠듯이 소리를 내지 않고 울부짖었다.

내가 돌아갈 수 있을까?

차는 비포장도로의 움푹 파인 구덩이들에 쿵쿵 부딪혔다. 차가 부서져 갔다. 이런 종류의 운행을 하기 위해 만들어진 차가 아니었다. 하늘이 동쪽에서 점차 밝아왔다. 새로운 천 년의 새벽이었다. 가속 페달을 더 세게 밟자 차가 심하게 요동쳤다. 나는 신경 쓰지 않았다. 어차피 이 길을 다시 돌아가지 않을 것이다. 어떻게 되든, 나는 여기에 살려고 왔다.

담장에 다다랐고, 안도감에 흐느꼈다. 마지막 백 킬로미터를 운전하는 내내, 나는 그 기억이 꿈이 아니었을까 하는 악몽에 시달렸다. 벽의 차가운 현실을 만지자 안심이 되었다. 가벼운 눈이 내리며 모든 것들을 덮었다. 이른 새벽이 회색으로 물들었다.

저 멀리에 있는 그들이 보였다. 모두 내가 떠날 때 있었던 들판에 나와 있었다. 아니, 내가 잘못 봤다. 그곳에는 아이들만 있었다. 왜 처음에는 그렇게 사람이 많은 것처럼 보였던 걸까?

분홍도 거기에 있었다. 나는 분홍이 겨울옷을

입은 모습을 처음 봤지만, 보자마자 알아봤다. 분홍은 키가 더 크고 통통해졌다.

분홍은 열아홉 살이 되었을 것이다. 분홍의 발치에는 어린아이가 눈 속에서 놀았고, 품에도 아기를 안고 있었다. 분홍에게 다가가 손에 말했다.

분홍이 나를 향해 고개를 돌렸다. 분홍의 얼굴은 반가움으로 환하고, 눈동자는 예전에 한 번도 보지 못했던 방식으로 반짝거렸다. 분홍이 두 손으로 나를 더듬었지만, 두 눈은 움직이지 않았다.

"나는 당신을 접촉해요. 환영해요." 분홍의 손이 말했다. "조금만 더 일찍 왔으면 좋았을 텐데. 왜 떠났었어요? 왜 그리 오래 돌아오지 않았어요?" 분홍의 눈동자는 돌처럼 얼어붙었다. 분홍은 앞이 보이지 않았다. 귀도 들리지 않았다.

모든 아이가 그랬다. 아니다. 분홍의 아이가 내 발아래에 앉아 고개를 들어 나를 보며 미소를 지었다.

"다들 어디에 있어요?" 내가 숨을 고르고 물었다. "흉터는? 대머리는? 초록 눈은? 무슨 일이 있었던 거예요? 당신은 어떻게 된 건가요?" 나는 심장마비나 신경쇠약으로 쓰러질 것처럼 비트적거렸다. 나의 현실이 무너질 것만 같았다.

"그들은 가버렸어요." 분홍이 말했다. 그 말이 이해되지 않았지만, 메리실레스트호나 버지니아주 로어노크 사건 같은 느낌이 들었다.[*] 분홍이 '가버렸어요'라는 말을 할 때 사용한 방법은 조금 복잡했다. 분홍이 예전에 말했던 것과 비슷했다. 내가 도달할 수 없는 경지라서, 결국 켈러 공동체로부터 도망치게 했던 좌절의 근원과 같았다. 하지만 분홍도 아직 그 경지까지 도달하지 못했으나, 어느 정도 파악은 할 수 있는 단계라는 것을 알 수 있었다. 분홍의 말속에는 슬픔이 묻어나지 않았다.

"가버렸다고요?"

"네. 어디로 갔는지는 몰라요. 그들은 행복할 거

---

[*] '메리실레스트호'는 미국 선박으로서 1872년 바다 한가운데에서 사람들이 모두 사라진 상태로 발견되었다. '버지니아주 로어노크'는 1590년 미국 개척 초기에 로어노크에 거주하던 1백여 명의 사람이 사라진 사건을 가리킨다.

예요. ○○○ 했으니까요. 정말 화려했어요. 우리는 그 일부밖에 접촉하지 못했어요."

내 심장이 역에서 막 출발하기 직전의 열차처럼 쿵쾅거리는 게 느껴졌다. 내 다리는 기차가 안갯속으로 사라질 때처럼 발을 굴렀다. 그 옛날의 브리가둔은 어디에 있을까?* 나는 주인공이 마법의 나라로 다시 돌아갈 수 있는 동화를 들어본 적이 없다. 잠에서 깨면 주어진 기회는 영원히 사라져버린다. 내가 그 기회를 던져버렸다. 멍청한 놈! 기회는 한 번뿐이다. 그게 동화의 교훈이잖아?

분홍의 양손이 내 얼굴을 따라 움직이며 웃음을 터뜨렸다.

"내 젖꼭지에 입으로 말을 하는 나의 일부를 받으세요." 분홍은 이렇게 말하며 딸을 내게 건넸다. "당신에게 주는 선물이에요."

분홍이 손을 뻗어 차가운 손가락으로 내 귀를

---

* '브리가둔'은 뮤지컬의 제목으로, 극 중에서 '브리가둔'은 100년에 한 번 나타나는 스코틀랜드 마을의 이름이다.

만졌다. 바람 소리가 멈췄다. 분홍의 손이 멀어져
도 그 소리는 다시 돌아오지 않았다. 분홍이 내 눈
을 만지자 모든 빛이 사라졌다. 더 이상 앞을 볼 수
없었다.

우리는 아름다운 적막과 어둠 속에 살았다.

〈끝〉

옮긴이 최세진

SF 전문번역가. 옮긴 책으로 《베스트 오브 존 발리》, 《로즈웰 가는 길》, 《크로스토크》, 《베스트 오브 코니 윌리스》(공역), 《리틀 브라더》, 《홈랜드》, 《별의 계승자 2: 가니메데의 친절한 거인》, 《별의 계승자 3: 거인의 별》, 《별의 계승자 4: 내부우주》, 《별의 계승자 5: 미네르바의 임무》, 《우주복 있음, 출장 가능》, 《별을 위한 시간》, 《온도의 임무》, 《계단의 집》, 《마일즈 보르코시건: 바라야 내전》, 《마일즈 보르코시건: 남자의 나라 아토스》, 《SF 명예의 전당 2: 화성의 오디세이》(공역), 《SF 명예의 전당 3: 유니버스》(공역), 《제대로 된 시체답게 행동해!》(공역) 등이 있다.

잔상

초판 1쇄 발행   2024년 6월 10일

지은이   존 발리
옮긴이   최세진
펴낸이   박은주
디자인   김선예, 이수정
마케팅   박동준
인쇄   탑프린팅

발행처   (주)아작
등록   2015년 9월 9일 (제2023-000057호)
주소   07236 서울특별시 영등포구 의사당대로 38
102동 1309호
전화   02.324.3945-6   **팩스**   02.324.3947
이메일   arzaklivres@gmail.com
홈페이지   www.arzak.co.kr

ISBN   979-11-6668-790-7 03840